AF417716

EL ÁRBOL
Y OTROS NUEVOS RELATOS

Javier Santos Rodríguez

EL ÁRBOL

Y OTROS NUEVOS RELATOS

PRÓLOGO

Lic. Jonathan A. Georgalis

Llave maestra

EDICIONES

Santos Rodríguez, Javier

    El árbol y otros nuevos relatos / Javier Santos Rodríguez; Prólogo de Jonathan Adrián Georgalis – 1ª ed. – Buenos Aires: Llave maestra, 2024.

    142 p.; 22 x 14 cm.

ISBN 978-987-48701-5-5

1. Narrativa Argentina. 2. Antología de Cuentos. 3. Literatura Contemporánea. I. Georgalis, Jonathan Adrián, prolog. II. Título.
CDD A863

A Sabrina Celeste

ÍNDICE

PRÓLOGO

*El poeta hace de todo un poema alegre o trági-
co según lo inspiren las musas. Su alma exal-
tada rechaza los matices suaves para quedarse
siempre con los colores vivos y las imágenes
tajantes.*[1]

Honoré de Balzac

El poeta es un creador dominado por el oficio; por
el arte; por él mismo.[2] Allí surgen las musas y las adi-

---

[1] "La piel de Zapa", en: *La sabiduría de Balzac*, selección y prólogo de Alberto Vaccaro, Buenos Aires, Ediciones Antonio Zamo-
ra, 1950, p. 211.

[2] Es importante no dejar de tener presente que la palabra "poesía" se asocia al verbo griego ποιέω (*poiéō*); que, entre sus muchas
acepciones, recoge el *producir, engendrar, crear, dar a luz* y también el *tener en cuenta* (cf. *Diccionario Griego - Español*, Madrid,
Editorial Bibliográfica Española, 1945, pp. 578-579). Por ello, también, en la clasificación de Aristóteles tradicional, se reconoce al
grupo de ciencias *poiéticas* (o productivas) junto a las *prácticas* y
teoréticas. En conjunto, las ciencias productivas constituyen un

vina en su sombra. Porque lo sobrevuelan o circundan sensaciones que piensan, conceptos sin palabras, ideas sin forma. Todo ello es intraducible literalmente. Así, la primera creación es la del oficio, sin la cual será imposible entenderse. Esta es, en verdad, la victoria del artista transformado a sí mismo en obra activa y constructora. Y el hito fundamental: el hallazgo de la personalidad y la posesión del tono; es decir, de su estilo y modo de ser característico.

Y es que el estilo expresa la personalidad del artista todo. Allí se esconde, en una hondura tan alta como la del artista. El lector, luego, habrá de tomar el riesgo y sumergirse en la vastedad de un alma distinta. Es este un peligro, pero también una oportunidad. Oportunidad de salir de sí y tornar enriquecido de la aventura silenciosa. Peligro de adherir un trozo de esa otra alma que nos sugiera, como al oído, algo que ya sabemos y nos obligará a ser iguales, pero distintos; y acaso nos incite también a accionar. El artista traza un sendero que permite reencontrarse consigo, una vez ofrece de su alma para que con ella comulgue el lector; y así sean uno en las risas, en el llanto o en el amor.

---

objeto que pasa al universo objetivo situando su autonomía metafísica fuera; enriqueciendo de tal modo el mundo en virtud de la acción del artista, constructor o ποιητής (*poiētés*), es decir, el artífice y creador del poema (ποίημα).

Y bien, el lector se encuentra, con la obra de Javier Santos Rodríguez, también con el peligro, el juego y la oportunidad. El juego, porque el autor busca multiplicarse para así, quizás, ampliar las posibilidades de hallar al lector en su posición particular. Juego de diferencias y aliteraciones administrado por un arte del que se halla en pleno dominio. Y así, las palabras se replican, las sugestiones brotan con coherencia extraña y sin entrechocarse. El estilo es profundo; la prosa, cuidada y suave, fluye como la corriente de un río… En este se refleja multiplicado el sol, se bañan los duendes y acaso también se zambullen las musas; se precipita en frenesí furioso o quizás, de lejos, repita el eco de una risa de titanes. Porque aquí el juego es precisamente el mismo: allegarnos un universo abandonado o el mundo sepultado en el olvido. Y ello a través de lo cotidiano o de lo fantástico, que irrumpe en la experiencia sin anunciarse, desde el fondo de lo íntimo. Porque allí no hay diferencia ni exclusividad. El mundo es amplio y profundo como el estilo que impregna la sustancia anímica. Sutil, como la pensante sensibilidad de las intuiciones. Vago como el vapor que se levanta muy tarde, o en la hora azul, bajo el cielo, flotando entre los árboles.

El árbol y otros nuevos relatos es un libro que esconde el peligro, el juego y la oportunidad que se deslizan por sus páginas. Aquí el lector encontrará más de lo que acaso pueda buscar. Por ello deberá tornar a lo leído y empaparse nuevamente en el alma de un poeta empeñado devotamente en su arte. Porque ha hecho de este un destino generoso e irrevocable. Y ahí se halla el sacrificio de la belleza y la verdad de la labor. Todo revestido de poesía, lo que es como decir *palabra transfigurada en la verdad, el juego y la gracia.*

Dejamos al lector con el autor, con la intención de que comulgue en su alma y sean uno en el arte y la creación.

Lic. Jonathan A. Georgalis

EL ÁRBOL

Y OTROS NUEVOS RELATOS

Una de piratas

No puedo escribir. Es raro, pero cierto. Me urge desde el alma, sin embargo, la inclinación desasosegada de querer escribir algo nuevo, como lo del huevo en el nido de la paloma que espera en el árbol del patio; pero son tantos los ruidos y los peros, las excusas y las urgencias, que cuando tengo una hoja blanca de mi lado solo barrunto y escribo aquello que viene de una, casi sin pensarlo, como esa brisa de verano que nadie la pide ni la exige y viene de golpe, abriéndose camino entre los sauces y la sudestada. Entonces es que escribo de todos modos, aun con las excusas y las urgencias, y los ruidos y los peros y las vicisitudes que no han de venir hoy, que son problemas de mañana o de pasado mañana, cuando me vengan a cobrar por los servicios prestados. Mientras tanto, dejo que mis dedos golpeen suavemente el teclado de la máquina y me llenen la página como arrastrados por la deriva de ese río que son mis pensamientos, mis sentimientos, mis metáforas. Y, entre este estarse escribiendo por escribir nomás, considero la posibilidad —al menos remota— de encontrar la idea para un cuento. Tal vez sea un buen ejercicio llamar a las musas mientras uno calienta los dedos aparentemente sin razón. Y es ahí, justo ahí, en el río, que empieza abrirse una punta, una idea brillante, aunque tapada todavía de una niebla espesa, como mirada o entrevista a través de mis ojos miopes. Parece que se me acerca por el río, como un galeón, pareciera ser el galeón de unos conquistadores. Veo el galeón que es como la punta de un iceberg, témpano de hielo que avanza contra la costa, hacia la arena de estos días de insomnio y desasosiego, con las ganas terribles de escribir y de no saber qué, qué carajo. Cuando el galeón empieza a entenderse mejor, cuando la bruma se abre y mi miopía se disuelve, veo que son en realidad piratas, hombres bravos de espadas, que lo único que buscan es robar mi idea para un cuento, aniquilarme primero y robarme mis ideas. No entienden ellos que son ellos mismos parte de mis elucubraciones. Pienso rápido "No puedo dejarles el botín a ellos; no puedo dejar que sean ellos, y no yo, quienes terminen escribiendo esta página". No; ay, ay. Espero que no se aburran con esto. Javier es muy iluso: pensó que podía deshacerse de nosotros con este simple teclado. Ya ven, el autor ha muerto; no es él, somos nosotros, piratas, quienes ahora terminamos la página.

La palabra blanca

E ra la mañana del día después de la guerra. Y yo buscaba la palabra exacta que dijese, que hablara por mí y por todos nosotros; nosotros, que nos habíamos matado los unos a los otros, sin ningún sentido, sin ninguna buena razón. ¿Había tal palabra? ¿Habría tal exactitud lingüística? ¿Qué clase de palabra (un verbo, un sustantivo) sería capaz de pescar el sentido y la exactitud de ese sentido que hablara de todo eso, y por nosotros, y por sí mismo también, que dijera algo en verdad del día después de la guerra?

Entonces empecé a desglosar del diccionario cada término, cada letra, cada ruido silábico, que me llevara al sentido completo, simple y completo. Como si tuviese que bombardear el muro de la lengua, me puse a quitar de él cada ladrillo, a diseccionar el idioma para, después de un análisis minucioso y complejo, tratar de encontrar una o dos palabras que signifiquen nuestro día después de la guerra. Y de todas las palabras habidas y encontradas ninguna me decía nada, ninguna era tan segura y simple, ninguna tan completa y suficiente.

Salvo una, una pobre palabra ingrata, sin nombre ni valor, sin vocales ni consonantes, como un claro en el medio del bosque o un desierto fuera del oasis.

La redondeé con mis dos manos, le escribí encima, la marqué con una cruz, como en el mapa del mismo día después de la guerra. Una palabra nueva; castiza, sí, pero llena de vacío y de silencio. Una palabra blanca, como una redonda en el pentagrama de la vida. Una necia palabra luminosa y oscura también, que me hablaba en su silencio y en su contorno, en su dibujo trágico y solemne, en su vacío de nada, como esas casillas en un tablero de ajedrez que ya no ocupará ninguna pieza, ninguna figura, pero sabiendo vos que algo hay, que exactamente hay muchísimo.

Póstumo

Ya lo sabía muy bien desde hacía rato, y se lo había dicho a sí mismo tantas y tantas veces… Seguro llegaría tarde, *muy pero muy* tarde. Más que impuntual, a deshoras; cuando todo estuviese cerrado y vuelto oscuridad, tapado en esa noche desierta y sin amigos, con el féretro de la justicia póstuma e ingrata. En balde y sin sentido, "como margaritas para los chanchos", se repitió tres veces. Bendita pero impertinente; cruel, inoportuna, subversiva, insurrecta; mierda de perro pisada por sus zapatos más queridos; demasiado tarde, demasiado feliz, demasiado inútil; con la ironía de la vida, con el cinismo de la muerte. Entraría sin aviso, se posaría como un pajarillo sobre su tumba y cantaría, y cantaría muy tarde la bienvenida; el pájaro comería satisfecho de él, y entonces vendrían a comer todos de él: se regodearían los críticos, se harían una buena panzada escribiendo sus tesis doctorales; otros, más nobles e hipócritas, le aplaudirían sin cesar. A él, ya sordo, mudo, muerto; al indefenso, al que no puede ver nada, al que no se le estuvo permitido siquiera agradecer. Entonces así: doblemente herido, doblemente muerto. ¿Y para qué? "Porque no hay peor bien que el que llega sin acuse de recibo", se dijo. "No hay peor dicha ni desidia más culposa que la que viene de aquellos que viven y comen de quienes no, la de aquellos que han hecho suya la voz que les es ajena —pensó—, la de aquellos que luego pondrían en su boca textos apócrifos". Algún día, algún día, tal vez, cuando ya no importe nada, alguien se dignaría a leer su obra, alguien le haría un prólogo.

Acostado en un catre, miraba el pájaro azul a través de una ventana rota, que nunca iba a poder reparar. Un vientecillo frío le palpó la cara. Su corazón dio unos últimos breves golpes. Estaba solo y pobre como una rata. Quién sabe qué habría del otro lado de la muerte.

Un perro

Me mataban de hambre. Me tenían atado en el fondo y me mataban de hambre. Ni siquiera me dieron un nombre, una frazada.

Así y todo, debía llorar a mis amos malvados, plegaria tras plegaria, invocación tras invocación, mi pietismo más necesario que justo, más menesteroso que adoraticio, más penoso que penitente.

Ellos apenas si se acordarían de mí más por mi voz de lobo y el ruido pesado de la cadena oxidada que por cualquier otra cosa; y, acercándome un plato mísero de leche con un mendrugo de pan rancio —ni siquiera un hueso que roer—, sostendrían mi pobre vida de tal forma que el tormento de vivir fuese siempre mi manera de estar en este mundo, esa hambre de nudo ciego en la panza, ese peso plomizo de falta de caricia increíblemente real, el vacío lleno, lleno, sostenido, demorándose y extendiéndose en las horas.

Hasta que hubo un día en el que mordí al hijo del

amo. Lo mordí fuerte en el tobillo, más por hambre que por rabia, más por quitarme el peso de los días que por saña contra él; y, sabiendo que me ajusticiarían cruelmente, sabiendo que me matarían de un momento a otro y que eso sucedía una sola vez y para mejor, supe también que la libertad vendría con palo o con revólver.

Entonces esperé con ansias y hambre la condena, más hambriento de muerte que de pan, más hambriento de libertad que de justicia.

Pero, llegada mi hora, creí poder hacerme yo también.

Un día de lluvia, mi amo vino hacia mí con un palo, un gran palo que tenía un clavo en la punta.

Antes de la primera arremetida, antes del primer palazo, salté y lo mordí en el cuello, con todas mis fuerzas; ¡que valiera la pena morir si mataba a mi vez a quien me había dado *esa* vida!

Entonces alguien disparó, fueron tres o cuatro descargas. Pero ni aun así desprendieron la mandíbula del cuello del hombre.

Vitorino

Tal vez ustedes ya lo conocen o lo conocieron.

Su nombre digamos que es o "era" Vitorino… O Vicente, o Raúl, o Dios, o Mefistófeles… ¡Qué más da! No importa en realidad eso: nunca le importó a él el cómo ni el qué; y creemos que poner su identidad a salvo de certidumbres es el mejor gesto, el más elogioso para un sujeto así. Él lo habría querido de este modo: un homenaje desde lo anónimo, lo ambiguo y la duda.

Sabemos que fue siempre un ermitaño sin ermita. Peregrino de las calles del partido de San Isidro. Devoto de noticias viejas, que las páginas de diarios sucios suelen derramar en alguna de las esquinas. Trotamundos sin pausa, sin prisa, de la zona norte del Gran Buenos Aires y… del cosmos entero —¿por qué no?—.

Con votos de silencio y de pobreza, que es un decir (de indigencia, quizás). Rara vez se comunicaba con nosotros. Pero, a diferencia de un fraile, no obedecía ni a Dios y no mendigaba en absoluto. Ni para comer. Era tan libre como un pájaro; tan enigmática su figura que emanaba al pasar un aura de otro mundo, de otro tiempo, tal vez quijotesca y querible.

Siempre los mismos zapatos rotos, el mismo saco agujereado, la barba entre rubia y blanca, crecida hasta el pecho, los pantalones viejos de tantos años de andar, el cabello revuelto por el tiempo y los soles. Los ojos del color del cielo, lavados por la intemperie.

Todo el mundo en Martínez lo conocía y lo respetaba como a un ángel caído, o como a un enviado místico y refulgente. Se lo podía ver también por Olivos, Boulogne, Villa Adelina, Vicente López: un luchador incansable contra la quietud, y contra la vorágine y el vértigo del *run run* de las ciudades.

Acerca de sus orígenes, muchos han narrado leyendas variadas y diferentes. Algunos piensan que fue siempre, desde niño, un hombre de ojos azules y tristes. Otros, en cambio, aventuran una tradición más legendaria y trágica: que habría sido un médico cirujano que, al operar a su hija, tuvo la desgraciada suerte de llevarla a morir, que enloqueció, que se dedicó a vagar sin rumbo, sin estrella.

Hay otras tantas historias desatinadas también. Todas ellas relacionadas a la muerte, la enfermedad y demás falsedades inútiles. Ninguna de las versiones da en realidad con él, con quién fue este señor y ángel cimarrón.

Según lo que dicen algunos avezados, habría sido, por un tiempo, catedrático profesor de Filosofía en alguna prestigiosa Universidad Nacional; puesto del que siempre renegó, sin embargo, por su estado permanente de renegar contra la soberbia y el absurdo. Un buen día dijeron que vendió su biblioteca a un precio demasiado barato y se largó de todo y empezó a caminar.

Nosotros lo veíamos deambular solo. Jamás aceptaba dinero. Nunca una prenda de vestir. Iba en su ley, sin jorobar a nadie; una eminencia para algunos y un color local para los demás. Dormía cuando la noche y despertaba con el sol. Había renunciado a una vida de honores y tarimas porque creía que el mérito no estaba en las instituciones ni en los podios que estas suelen instituir.

La última vez que se lo vio, nos contó algunas de esas cosas y otras tantas, que evitaremos mencionar por respeto a sus silencios y a su amabilidad para narrarnos y confesar sus más preciados secretos. Aquel fue su último día, cuando marchó hacia el lado del río y desapareció sin más. No lo volvimos a ver.

Algunos mentirosos aseguran que lo mataron unos borrachos porque simplemente no les gustó su presencia, su olor, y lo tiraron al río, despanzurrado y muerto; otros atestiguan una muerte natural, sin encanto ni mito; nosotros, más poetas, suponemos que fue ascendido a un trono en el cielo nocturno, lejos de toda estrella, pero muy cerca de la Luna, diosa de los rebeldes y pacifistas.

Desde entonces, ha quedado escrito un epitafio que todos creen le pertenece. Está grabado en una esquina cercana a la estación Anchorena del Tren de la Costa. Reza así: *"Vivir andando sin más, que andar viviendo es mi vocación, desde ahora y para siempre"*.

Accidentes

"¿P ara qué medir causas y consecuencias ahora?", se preguntaba Pablo una y otra vez, rascándose la cabeza en el sillón, frente al televisor. Otra habría sido la cosa si, antes del accidente de la ruta 14, alguien se hubiera dignado a hacer prevención, estudios de riesgo, obras viales, estadísticas y proyecciones. Pero hoy…, ¿cuál era verdaderamente el sentido de que el bombero y el policía dieran, frente a las cámaras de TV, sus vanas explicaciones?

El policía y el bombero, sin embargo, seguían ahí, enfrentando a toda la prensa, tratando de dar *esas* explicaciones. Como si, por el hecho de enseñar las causas y las consecuencias obvias, pudieran ser al mismo tiempo héroes; como si eso les diera un podio de algo o como si la gente tuviera necesidad de que ellos dos expresen, por lo menos, *algo*.

Que las rutas no estaban del todo bien era archisabido. Que faltaba asfalto que poner en muchos de los tramos, patente. Todos sabían que había poca señalización y controles. La gente volaba irresponsablemente, como si sus automóviles fueran de otro mundo, como si estuvieran en otro mundo. Pero la Policía insistía en contar y dar "explicaciones", ¡ja!

Pablo escuchaba, ya con fastidio, la nota desde el sillón del living. Las imágenes del televisor se plasmaban en su cara, haciéndole cambiar la expresión y los colores. Miró hacia el patio a través de la ventana, vio el árbol y recordó el día que lo había plantado con su hijo pequeño, ahora ya un adolescente. El árbol se mecía por el viento, como saludándolo con nostalgia. En aquellos días, Andrés era un niño feliz, tal vez a causa de la infancia misma. Pablo siempre temía perderlo. En su afán de tener todo bajo control —ya que trabajaba como productor de seguros—, siempre creyó ser un buen padre si podía evitarle problemas a Andrés, si podía tenerlo seguro.

Cuando su hijo bajó las escaleras, Pablo apagó el televisor. Últimamente, su hijo estaba algo harto de verlo sentado, mirando accidentes.

—¿Dónde van? —Quiso saber el padre.

—Vamos a bailar con las chicas de quinto, hoy es el cumpleaños de Mariana.

—¿Quién los lleva? Ojo, cuidado con tomar mucho.

—Nos pasa a buscar por el Club "25 de Mayo" el

tío de Raquel, creo.

—¿Y a la vuelta?

—A la vuelta ya arreglamos: Nacho se encarga. Dijo que no va a tomar.

Los boliches traían varios tipos de eventualidades: borracheras, peleas y accidentes en las calles. Sabía a lo que se estaba exponiendo su hijo; por eso, antes de cerrar la puerta de calle, le pidió que lo llamara por teléfono por cualquier cosa que necesitara. Él atendería a la hora que fuere.

Antes de acostarse, Pablo releyó en el diario la misma noticia. Miró la calle a través de la otra ventana. El asfalto mojado le hizo subir una leve angustia desde el estómago. Y volvió a leer el titular: "Un micro de egresados colisionó hoy en la ruta de la muerte: 20 muertos".

Pensó en su hijo, en la inseguridad, en los accidentes de todos los días en la capital, en las estadísticas anuales de muertes por accidentes de tránsito. Tomó una pastilla para dormir.

Entre sueños, volvió a recordar cuando habían plantado el ciprés en el patio. Plantar un árbol era una de las cosas fundamentales en la vida, según la tradición familiar. Cada padre con su hijo, generación tras generación, lo había hecho. En realidad, siempre había sido un cedro del Líbano, así era el mandato del patriarca, aquel bisabuelo sirio que había llegado de inmigrante.

Pero Pablo no entendía mucho de especies y plantó entonces el ciprés, que se le parece. Él veía aquel episodio con mucha ternura. Lo había hecho también, en su vieja casa de infancia, con su propio padre. Un árbol era todo un símbolo y un testimonio de algo solemne y sacro. Un rito importante para la familia.

Esa noche sopló mucho viento. La lluvia y el viento se fueron intensificando en pocas horas. Pablo, gracias al Rivotril, estaba bien dormido y no escuchó nada.

El teléfono sonó a las tres y media de la madrugada, dos veces. Pero no se despertó sino hasta las ocho y media.

Cuando lo hizo, apenas pudo levantarse de la cama. El techo había cedido. Tenía las vigas en el suelo; por un milagro no había sido aplastado por el árbol. Dicen que los cipreses no son muy nobles en terrenos blandos y se caen con facilidad.

Cuando su hijo volvió a las diez, encontró media casa venida abajo.

Pablo, en estado de *shock*, no lograba salir del asombro.

La casa pintada de rosa

B ienvenido. Pase.

Yo sé que usted me va a decir que sí, que soy bella como una *Barbie* y que, a pesar de mis años, conservo la figura. Pero no. No siempre cuerpo y alma se acompañan fielmente. No sé si usted leyó alguna vez a Platón. Lo mismo digo para la casa: aunque la vea de rosa, tiene también sus sombras.

Soy, en realidad, una mujer más coqueta que linda. Y es cierto: igual a esta misma casa; con toda su luz, con todo este encanto. Y, aunque muchos me vean hermosa, sé distinguir bien la belleza de algo que simplemente se esfuerza en serlo; o, por lo menos, de eso sí estoy convencida.

Soy esmerada y constante —punto a mi favor—; y, desde la partida de Gustavo, mi Gustavo, más libre y más yo (ventaja, en cierto modo).

Busco la perfección en cada detalle, ya ve: organizo mi hogar como nadie, de tal forma que mis amigas se equivocan siempre pensando que alguna diseñadora de interiores carera trabaja para mí, jaja… O que tengo marido a domicilio, de esos que se encargan de arreglar cualquier desperfecto. No saben que hice un curso de plomería, otro de electricidad y otro de gasista matriculado; ¡ni hablar del de carpintería! Sí, sí: así como me ve, con todo el *glamour*, también me sé arremangar —y esto después de Gustavo, claro—.

A las cortinas de mi casa les cosí a crochet yo misma los visillos; cada lámpara fue detenidamente estudiada antes de su compra; pensé en cómo combinar las formas, las geometrías, los colores; elegí con cuidado los bronces y las cerraduras para que todo brille así. La limpieza es en serio, porque no pierdo el tiempo en pavadas. Sepa que no miro televisión como lo hacía él. ¿Sabe dónde puse la caja boba? Ahí afuera. Oxidándose sin remedio.

Tengo un jardín de invierno también, con plantas gozantes de atención. Me dedico a regarlas, a hablarles en voz baja, contándoles mis secretos; combato las hormigas, los pulgones, las cochinillas y las arañuelas con un producto casero que mata… todos los bichos, hongos y porquerías habidos y por haber. Todos.

Soy la señora de la casa y aprendí que vivir sola es mejor que vivir con Gustavo, entienda. Desde que se fue, ya no solamente se acabaron las discusiones y eso de agachar la cabeza por todo, sino que dispuse de mi autoridad para manejar la casa a mi antojo. Sin embargo, ahora que él no está, su fantasma pulula por los intersticios de cada habitación, entre pared y pared, entre pasillo y pasillo, detrás de un armario, y es como la cicatriz de una roncha virulenta que no se quita, un rayón rebelde en la madera de un mueble lustroso o el olor a marihuana que insiste en los almohadones.

Los recuerdos quedan en todos los cuartos. Probé deshacerme de ellos enseguida, como con los pulgones, ¿conoce de plantas? Tiré todos sus bártulos inútiles, compré perfume de ambiente, pinté las paredes de otro color —un tono más rosado—; me fui de viaje a Europa un mes, dejando una ventana entreabierta; para ver si, al volver, los recuerdos se olvidaban de mí, si esos fantasmas se iban.

Pero no. La historia, el pasado de nosotros dos, no me deja tranquila. Todo vuelve en forma de fantasma, como un gusano que no se hace mariposa nunca.

Y ahí se siente Gustavo, ahí va Gustavo. No es un Gustavo cualquiera, es *mi* Gustavo Manrique. Al principio, un pan de Dios; después, se lo regalo, con todos sus cachivaches y su peste.

Hay cosas de las que una no se desprende mientras el otro está, cosas que hacen que no se pueda pintar las paredes de rosa, usted sabrá entender. Pero, a veces, es tanta la influencia que ejercen sobre una que, si ellos sufren un martillazo en la cabeza o se tragan sin querer el producto contra los pulgones o se los lleva un tornado para siempre, igual el miedo perdura en la casa, más allá de que el rosado pinte las paredes.

Después de él, soy más yo, en cierto rango, hasta donde me permiten los miedos.

Por eso es que pongo la casa en venta. Por eso es que me voy.

Acá están las llaves. Espero que la disfrute.

La picadura de un día nublado

F ue uno de esos días para el olvido. Si no lo he olvidado aún es por sinrazones, por pura y dilatada imagen caleidoscópica.

Amo los días grises: son la contracara de la bruta felicidad de las revistas, de la tele; y estar triste o apesadumbrado de vez en cuando te permite pensar en cosas, si no más serias, al menos no tan chatas.

Pero a ese día juro que me lo olvidé casi por completo —o quiero olvidarlo—. Solo recuerdo las nubes de la mañana, el cielo cubierto, y un picor intenso en mi espalda, entre los omóplatos, que percibí al despertar.

Y digo que solo me acuerdo de eso porque es de lo que en verdad estoy seguro. Otras cosas son propias de fantasías, delirios, alucinaciones y demás narrativas que complican el tiempo y el espacio de lo que busco narrar para este porqué y mi disculpa ante usted.

Por eso quiero y trato de quedarme con las dos cosas que puedo constatar a bien de mi juicio sano: el cielo cubierto y un picor terrible en mi espalda. Si pudiera concentrarme en esas dos cositas, sé que algo de cordura y sentido tendría todo lo demás.

Tratar de hallar una relación entre el día nuboso y la picadura resulta irrisorio, sin embargo.

Pero, en el hilo de mis pensamientos, solo tengo estos dos elementos como ciertos. Recuerdo mi mirada fija sobre el lienzo gris blancuzco de un día que podía traer tormenta y, acto seguido, los ataques de picazón en el reverso de mí, una vez despierto, incorporado en la cama, aplicando movimientos de contorsión, tratando de rascarme lo inalcanzable, con espasmódicos gestos de irritabilidad.

A los viejos les duelen los huesos cuando está por llover, ¿acaso el agua por venir es capaz de desatar también tal intensidad e inquietud y picor? No concibo relación causal satisfactoria alguna entre un evento y otro. Uno puede atribuir más lo segundo al insecto gigante; sí —y perdóneme que lo nombre así—, un Gregorio en mi habitación, con las patas para arriba, luchando por salir de su posición indefensa, sobre el alfombrado.

Pero, si seguimos los consejos racionales y nos habituamos a no corresponder en absoluto a maniobras fantásticas, más propias de estados psicóticos o de la llana locura, eso no cabe entre lo pertinente dentro de la normalidad, dentro de lo posible en esta, mi pobre defensa.

Ese bicho era tan improbable como todo lo que dije e hice después, y por lo que fui inmediatamente llevado a la clínica (se lo cuento sin recordar; esto lo sé luego de mucho, tras haber pedido mi historia clínica al director Labarthe).

Pero el día nublado era, efectivamente; y esa picazón, ¡vamos!, era tan fuerte, tan intensa, que no podía ser parte de un fantasma.

Verá, siento que si me salgo del programa y entonces cuento aquello que vi después, me llevarán otra vez al hospicio. Por eso prefiero evitar lo del insecto: tache, si es posible, esa declaración acerca del insecto; por favor, no lo tome en cuenta. Esta no es la historia de un esquizofrénico, son solo dos escenas yuxtapuestas: nubes, picor; picor, nubes. Y disculpe si no me entiende mucho. Trato de justificarme de alguna forma.

Olvide lo del insecto.

Yo no maté a su hijo.

El almohadón

Norma levantó con dificultad el almohadón de uno de los sillones del living. Le extrañó su peso; que le hiciera doler la cintura. Quiso darlo vuelta pero no pudo. Hacía tiempo que Susana le había mandado limpiar a fondo esa parte de la casa. Hoy, lunes, tocaba hacerlo de una vez por todas. Plumerear, sacudir el polvo, dar la vuelta a los almohadones. Después, solo después, barrer, pasar la aspiradora y, al final, la cera y la lustradora a los pisos de cerámica. Ah, y no olvidarse, por favor, repasar los muebles con *Blem* y lustrar también los bronces de los picaportes. Recordar que debía quedarse hasta después de las tres. Hoy le pagarían, con seguridad, las horas adeudadas.

Norma tuvo que dejar el almohadón como estaba. Pero la curiosidad inundó su conciencia; pensó que tal vez había algo oculto dentro, entre la funda y el relleno. Entonces buscó el cierre que separaba el misterio del mundo y abrió la cremallera hurgando ahí, como si fuese una niña.

Los dólares no eran suyos, cierto; seguro del patrón. Tal vez Susana no sabría. ¡Cuánto los necesitaba! Pensó en todo lo que podría hacer con ellos. Se iría a su casa, después tomaría un avión a visitar a su hija en Bogotá. Le pagaría los estudios universitarios y ellas podrían empezar una nueva vida. Harían muchas cosas juntas. Tal vez Pablo volviera a casa; y lo que estaba roto capaz se compondría felizmente. El mundo y la vida serían más llanos, más fáciles. Pensó también en su mamá, que necesitaba ese aparato de diálisis, porque sus riñones ya no funcionaban bien. ¡Cuánto tiempo se ahorraría en citas al hospital, cuántos turnos médicos! Hasta soñó con vacaciones: unas módicas pero lindas vacaciones, en algún sitio tranquilo.

Pero Norma dejó los billetes donde y como estaban. Y se fue pesadamente triste a su casa, pensando que había hecho lo correcto.

Hacerse macho

Que se sepa, tío. Que no fui yo. Que fue otra cosa. Tal vez ese nudo tibio que me apretaba el estómago, esa especie de sentir extraño que se atoraba entre los dientes y como más atrás del llanto. La culpa es mía, pero no fui yo el que te odió —porque siempre te quise, y sé que me querías—. No fueron mi vergüenza ni la quemazón de sentirme indigno ni tu insistencia ni tu necedad. Fue esa súbita alarma del alma la que se metió entre los dos y la que hizo lo que quiso.

¡Linda temporada que íbamos a pasar en Pinamar! Vacaciones de veinte días con mi tío, el brigadier. Salir tarde de Buenos Aires, tomar la ruta de la costa y ahí vos, hinchando las pelotas desde el principio "al chico de recién cumplidos los dieciocho".

"Que no", te dije cien veces. Pero vos dele que dele con que no fuese marica. "No, tío, que no"; y entonces subimos a la entrerriana al auto y llegamos a ese motel de cuarta, que olía a perfume artificial, esa manera de tapar lo turbio, lo inconfesable.

Y ahí yo, entre tu voluntad y la mía, porque vos decías que a los dieciocho tenía y debía y quería.

"¡Que no quiero, que no entendés que no quiero!".

Y ahí la entrerriana conmigo, desnudándose sola.

¿Cómo creías que iba a poder…?

¿Te acordás de mi cumpleaños de seis? Mis primeros soldaditos… ¡Ah, y un tanque de guerra! A mí me gustaba otra cosa, pero acepté, comiéndome los mocos. ¿Te acordás de cuando me llevaste a ver a Boca? Fue por mi cumpleaños número doce… ¡y qué feliz fui viendo a Batistuta, el goleador de los ojos claros!; si me hubieses regalado la camiseta de Batistuta firmada, habrías empezado a entender.

Pero a los dieciocho, ¿por qué insistir en eso de ser macho?

"Porque tenés que hacerte hombre", me dijiste.

Y no pude. ¡Cómo poder!

Ahí estás ahora, tirado y echando olor. Bastó tomar tu calibre veintidós y disparar. Disparar tres limpios tiros negros. Que sonaron a veinte mil tanques de guerra.

Gravitación cero

Ahora, después de tiempo transcurrido y a esta altura de las cosas, puedo decir que mi vocación no era andar entre las esferas celestes buscando un agujero negro, ni pisar la Luna o viajar a Marte con el propósito de hallar otro tipo de vida inteligente; aunque mi destino estuviera escondido en ese proceso tan solemne para la televisión como pedestre para mí mismo, al principio pude no darme cuenta.

Los astronautas, al igual que los operarios de subterráneo o los mineros, vivimos en la oscuridad; tapados no por la tierra, en este caso, sino por el infinito. Un infinito para el hombre, cuya vida encuentra su fin antes del primer suspiro de estrella.

Viajar en el espacio exterior, ser portador del saber y la investigación interplanetaria, no te hace por eso más humano, ni mucho menos más científico, ni mucho menos más actor de cine, ni mucho menos Superman. Al contrario, la vida rutinaria, desde allá arriba, es menos preferible a la de los monos chupando clavos de acero inoxidable.

Por eso me convertí en filósofo… Fue un día —una tarde, una noche ¡vaya a saber!— en que entendí que me había transformado en un operador de nave espacial para sentir el tedio y la ataraxia, uno de los tantos cultivos capaces de fermentar la filosofía: el asombro, la duda, las preguntas sobre la vida en el espacio estelar; pero, sobre todo, cierto consumo de determinadas y variadas píldoras estimulantes.

Así fue como empecé a escribir algunos postulados teóricos. Por lo que el programa de inicio de cada expedición, sea el hallazgo de vida extraterrestre o el pasar del otro lado de los agujeros negros, fue siendo desestimado e, ignorando la autoridad de la NASA, radicada en Tierra firme, en algún condado de los Estados Unidos, a millones de kilómetros y con pocos canales para la comunicación, me fui metiendo más en la escritura y las ideas.

Al volver, después de mi última expedición, publiqué mi libro: *Sobre la ontología de los expedicionarios cuya ley gravitacional es igual a cero. Pensamientos de la deriva espacial.*

En Buenos Aires fui un incomprendido. A tal punto de que vivo ahora en un hospicio —dicen que la esquizofrenia se debe al aislamiento crónico en los viajes por el espacio y al consumo deliberado de ciertas drogas—.

Tengo noticias de que el libro, a pesar de su fracaso editorial, llegó a ser traducido a una lengua muerta, no me dijeron si era el latín o el griego; pero, pensando muy bien sobre el asunto, concluí que debió haber sido un idioma muy antiguo, de algún pueblo con contacto extraterrestre.

Día extraordinario

Hay días extraordinarios: sí; verdaderamente. Pero se sabe muy bien que son los menos. La mayoría de los días de una mujer o de un hombre tipo, por ejemplo como yo, son… ¿cómo definirlos? Hágase la idea, la metáfora si quiere, de pensar estos días comunes y ordinarios como ciruelas pasas secándose al sol. Son días que están envejecidos y arrugados desde la primera de sus horas. Uno se levanta a la mañana, va al baño, después se mira al espejo y se afeita, se lava los dientes. Sabe por de más que se es más joven que el propio día. Que lo que viene después es tan aburrido y quisquilloso como un viejo rezongón, tan viejo como un trapo. Uno pareciera no quejarse en absoluto; es el día, rutilante por su opacidad, el que viene a gobernarnos la cara, la intención, el trabajo y el yugo. Me levanto sabiéndome lunes, pero pensando ser —deseándolo, como siempre— próximo sábado, o mejor: en lo posible, una noche de sábado de verano, con dinero en los bolsillos para gastar en gustos y no en facturas de gas, teléfono y luz. Y ahí estoy, frente al espejo del baño, mirándome todavía la juventud. Soy un hombre joven, feliz de serlo; pero lo extraordinario de la vida se confunde y se pierde en lo que se sabe: es salir a la calle, subirse al 102, arrancar para el lado de la oficina, saludar a la cara de orto que tienen mi jefe, el jefe de mi jefe, la secretaria y, por supuesto, mis compañeros y yo. Yo también tengo esa cara de orto, esa cara de que "No". De no querer esos días ciruelas pasas. Un día —un hermoso día— seré, por fin, libre de los lunes, y de las tardes de domingo tan despedidas, tan qué sé yo. Pero para eso tengo que envejecer primero. Pagar las cuotas de vivir y ver pasar la vida por las ventanillas de ese tren que es reflejo del deseo. Me niego a ser este lunes previsto desde el comienzo del calendario y de la Historia. Pero ahí voy. Soy responsable y justo, a pesar de mi libertad de pensamiento, de ese no quererlo en absoluto. Anarquista de palabras y de ideas, sí; pero, como un buen cabrito, me sumo al rebaño del sacrificio y la condena: *el deber.*

Es cierto que ayer fue un día extraordinario. Un día más jovial y mucho más juvenil que la propia juventud. Estaba en el bar, tomando un gin tonic, cuando apareció mi primo Alberto y me llevó a la mesa de la pitonisa: una mujer muy rara que me tiró las cartas del Tarot y me mintió con promesas de una vida afortunada, feliz; esas vidas hechas a nuestra medida y a nuestro antojo. Le creí. En ese momento caí en la trampa de los sueños, de las ilusiones baratas que se forjan en una mesita de madera gastada, manchada de grasa, con algunas aceitunas negras en un platito de vidrio, muy similares —en la semi oscuridad— a rancias ciruelas pasas. Me preguntó, primero, cuáles eran mis grandes aspiraciones en la vida, qué pensaba de mí y del mundo y cosas así; demasiado filosóficas las preguntas para mi abulia, para mi ataraxia, para mi rutina de todos los días entre balances, llamadas telefónicas, atenciones a las caras-orto y así. Pero me entusiasmé de verdad; como que le seguí el juego y entré en esa ensoñación y exaltación de dar a conocer un (mi) verdadero yo. Después se aventuró diciendo que sería rico más temprano que tarde, que no tendría que esperar mi santa jubilación y mi vejez para salir a pasear al perro a las diez de la mañana, por ejemplo, o jugar al ajedrez por porotos con vecinos socios del club.

Me emborraché como tantas veces; pero, en esta ocasión, era por un motivo feliz: la adivina había dicho que sería rico y feliz. Gasté de más, sí, como si tuviera todo por ganar, como si hubiese sido el final de mis días ciruelas pasas. Alberto tuvo que llevarme hasta casa y abrir la puerta, y sostenerme para que no cayera de cabeza sobre las baldosas de la sala; después me ayudó a llegar a la cama. Dormí hasta recién y ahora la resaca me está matando. Olvidado, claro, de mi horario de trabajo, de las caras de orto, del módico sueldo que —por ser principio de mes— me darán o deberían (tal vez hoy mismo) por los servicios prestados.

Es tarde; extraño que Lucía Menéndez no me haya llamado aún por teléfono. Siento, la verdad, algo de culpa, responsabilidad; ese superyó. Esa maldita carga ajena —porque es ajena y no la quiero— de tener que ir igual, incluso tarde. Dicen que mejor tarde que nunca, pero no quiero imaginar la cara de mi jefe cuando vaya a pedirle mi salario. "Tarde otra vez, señor López. ¿Cuándo va a dejar de emborracharse los fines de semana?". Quizá sea que ya se hartaron de mí, y de mis llegadas tarde. Pero tengo que ir igual. Tengo que ir.

Maldigo a Alberto y a la pitonisa mentirosa, vendedora de espejos variopintos. Ahora subir al 102, viajar como ganado, llegar tarde como muchas veces. ¿Me despedirán? Por un lado, sentiría un alivio enorme, una liberación, como si por un rato la carga fuera de otro. Pero soy hijo del rigor capitalista y de la responsabilidad puritana. Entonces me visto. Saco pecho. Y voy.

Veo que, en este día ordinario de lunes, pareciera que el sol se muestra con un tizne anaranjado, propio de un día no común, como si fuera yo invitado a una felicidad. En el colectivo hay gente con el rostro feliz, se ha borrado la cara de orto de todo el mundo. ¡No lo entiendo! Miro parejitas en los parques, niños jugando a la pelota. ¿Estoy soñando todavía?

Los pasajeros van vestidos de manera casual, como si no fuera lunes, como si a ellos también les hubiesen contado promesas en una falsa bola de vidrio. ¿Por qué soy el único triste? ¿Será que no encajo en sociedad? ¿O la sociedad es tan estúpida que no se percata de la vida inútil, aburrida, entre balances y jefes, llamadas y turnos, pólizas y…?

Hay quienes viven la vida como si fuera un regalo, una jubilación desde la infancia; caras que le sonríen a la vida como si esta fuera más y mejor que mi simple pasar inadvertido; sonrisas, besos y amores: una realidad paralela a mi destino, a mi fracaso, a mis ganas de seguir durmiendo, a mi responsabilidad tonta, excesiva, de decirme "Ahora mañana será otro día, y tal vez te toque el pozo de la quiniela".

Mientras barrunto, el 102 avanza con rapidez, los semáforos parecen recortados y pegados en una ciudad desconocida, similar a Buenos Aires, pero distinta en cada rostro humano. La luz del sol ahora me lame la cara. Bajo en mi parada, como todos los santos días. Camino apurado las tres cuadras simples, vulgares, chatas.

Al llegar, caigo en la cuenta de que es lunes, lunes primero de mayo.

La sonrisa de una niña

Buen día. Venga.

Hoy estamos ante una escuela rural, en medio de la pampa húmeda, llena de soja. Si traspasamos la puerta del aula 10, podemos ver una clase de matemáticas; la maestra en el pizarrón escribiendo cuentas: sumas, restas, multiplicaciones, divisiones. Frente a ella, niños y niñas de entre nueve y trece años de edad, más o menos, atienden y escriben en sus cuadernos cuadriculados.

Pero hay una alumna echada sobre el pupitre, atrás, contra un rincón. Ni el sol sobre su cara ni los ruidos del día —el cantar de las aves, la voz ronca de la maestra, los cuchicheos de sus compañeros, el sonido de una cosechadora a lo lejos— fueron capaces de hacerla despertar. Aurora, la maestra, al volver la mirada sobre los chicos, ve a Micaela contra su banco, la cabeza vencida sobre la mesita, durmiendo profundamente. Entonces detiene su clase y atraviesa el aula con paso decidido pero pausado, como acariciando con los pies el pasillo que se abre entre dos hileras de bancos.

Solo necesita dos palmaditas cariñosas y suaves para que Micaela entreabra los ojos. La niña levanta la cabeza y le dice algo en el oído a su maestra. Aurora le toma la mano y juntas abandonan el aula. La maestra, entonces, habla por teléfono. Al rato, viene un camión con mercadería. Dos hombres descargan menudos de pollo, paquetes de fideos, arroz, polenta, y los van llevando a la cocina de la escuela. Una señora seria y de manos grandes enciende una hornalla y hace un guiso para todos. Micaela recibe doble ración y tiene ahora la sonrisa más linda del universo.

Es un año electoral y, dos semanas más tarde, en un acto patrio, aparece el intendente en la escuela, saludando a todo el mundo con una sonrisa que bien podría estar dibujada.

Aprovecha la fecha patria para hacer uso de su estrategia discursiva, habla de cosas progresistas y del futuro, mientras Aurora abraza a Micaela con lágrimas en los ojos y comparte con ella un pan con queso. La niña vuelve a sonreír.

María Esperanza

La esperé durante todas las mañanas de ese invierno; me lo había propuesto sin más: una promesa casi religiosa, una provocación contra el orden del cosmos o una simple quisquilla de mi voluntad, aun a sabiendas de que yo tenía el mote de víctima de esa estafa y de un patetismo tan real, tan real… Pero yo ahí, fiel, tan fiel a mi palabra como a mi sacrificio.

Ahí, sentado en el banco azul, en el andén de la estación San Isidro, de ocho a nueve y media, de lunes a viernes, entre esas horas bisagra de sueño y de día, paciente como un monje, penitente como un condenado. Recuerdo las vías iluminadas por los reverberos y las resolanas ofrecidas por un cielo entre soleado y nuboso, entre blanquecino y azul, según pasaran las horas. Veo ahora, ya viejo y ciego, y como si fuera ayer, aquellos paraísos todavía desnudos, adornados por sus frutos ocres del frío, pendiendo de una rama contra el viento, recortada ahora en mi memoria, hasta caer muertos y pisoteados en esas veredas tan transitadas y rotas. El sonido de los trenes, los pitidos y el *clin clin* de la barrera regían el paso de mi corazón y el de todos los relojes.

Ella, sin embargo, nunca bajó del tren…; no sé si, en realidad, hubo algún tren que contuviera su presencia o si pasó por la estación fingiendo ser otra. Yo veía los trenes llegar, parar, la muchedumbre como una marea de sacos y vestidos salir de la formación, entrar en la formación, irse los trenes como habían venido. Y de ella solo tenía el recuerdo de un perfume dulzón en un pañuelo blanco y esa eternidad llamada esperanza, a la que yo rendía culto de promesa en promesa, más allá de sus "Sí", de sus "No", de sus "Tal vez", falsos.

Al tiempo que el invierno comenzaba a darle lugar a las golondrinas, recuerdo que la gente me saludaba con una inclinación de cabeza: me tenía por un viejo conocido, ya era una cara común y cotidiana en sus vidas; pero ella, ella, ella no venía, no iba a llegar.

Una vuelta fui héroe, cuando un loco quiso perderse bajo las ruedas del tren. Lo sostuve por los brazos, evitando que se lanzara, hasta que vino la policía y todos aplaudieron. Pero no eran los aplausos lo que yo buscaba, ni yo era tan héroe.

Así, llegó la primavera, y con ella sus imágenes. No solo las flores vestían las cosas: ahora era ella misma, mi amada mujer-espera, quien poblaba cada tren, cada vagón, cada rincón del universo. Todos eran ella. Desde el maquinista hasta la expendedora de boletos, pasando por cada pasajero, todos eran María Esperanza.

Entonces me miré al espejo, la vi sonriendo, y me quité los ojos.

El milagro de San Paco

La iglesia de San Avelino se había construido un tanto lejos del pueblo, lindando prácticamente con el monte. Atendía, su servicio pastoral, a un grupo de cinco casas pobres y también a un par de ranchos aun más alejados. Pero más allá todavía, metido en el medio del monte mismo, existía otro rancho, muy modesto, donde dicen que vivía el mismísimo demonio: un hombre viejo y sabio, que tenía trato con otras esferas de la realidad y que, según las habladurías, se comunicaba con espíritus malignos para fines malvados. Nunca ningún cura, ningún misionero, lo había visitado.

Don Paco, el cura párroco de la iglesia, sabía a medias algo acerca de la historia de este extraño sujeto. Y una mañana le dijo al sacristán:

—José, deberíamos llevar la Palabra, el Perdón y la Eucaristía primero a quienes más lejos están de Dios y del mundo. Empezando por el último rancho.

—No se vaya a enojar Don Paco, pero donde usted

manda es tierra del enemigo.

—Más precisamente, José: tenemos que hablar con ese hombre, lograr tocar su corazón, hacerle ver que Dios está donde menos se lo espera.

—Señor cura, ¡ese sujeto hace magia negra! Todos en el pueblo lo aseguran.

—Basta de supersticiones, querido José. Usted le tiene miedo a lo que no puede ser ni de Dios ni del Mundo.

A regañadientes, José Ramón Cevallos aceptó la propuesta; y esa misma tarde tomaron la Biblia, algo de agua bendita y una imagen de la Virgen, y emprendieron la marcha, machete en mano, rumbo al monte y a esa travesía curiosa de evangelizar al diablo.

En el camino, el sacristán iba rezando el rosario, más como una cábala de la suerte y como para espantar malos espíritus que como una sincera y piadosa actitud. Don Paco, entre tanto, llevaba la delantera por un sendero estrecho, que se abría paso en medio del monte. Tenía que dar machetazos en varias ocasiones; las matas de distintos arbustos y plantas herbáceas solían interrumpir el camino pautado, a causa de la poca frecuencia de tránsito de personas y animales por esos sitios.

El monte, realmente, hacía de laberinto; y no fue sino hasta bien entrada la noche que vieron la luz del rancho del viejo brujo y demonio. Estaban realmente cansados. A José Ramón le dolían las plantas de los pies; se descalzó y se sentó sobre un tronco seco y podrido. Don Paco tuvo que acompañarlo unos minutos antes de volver con lo suyo.

Al llegar a la puerta, leyeron un letrero con un versículo del Apocalipsis que resultó apócrifo. Don Paco leyó rápidamente las páginas de ese libro en su Biblia y no encontró el versículo ni la frase contenida: *"Dios es capitán, yo soy marinero; pero, en tierra de pecado, yo soy el Capitán y Dios Padre el marinero".*

José Ramón Cevallos ya estaba temblando de miedo cuando Don Paco hizo palmas en señal de aviso de visita. El sacristán se santiguaba permanentemente, mientras el cura tomó la iniciativa y volcó un chorro de agua bendita sobre el dintel de la puerta.

Cuando vieron que el agua pasaba a estado gaseoso y el vapor los envolvía en una niebla espesa, tuvieron que retroceder varios pasos.

En esto se oyó un grito gutural desde dentro del rancho, un grito tan fuerte que hizo que el pobre José se tapase los ojos y se postrase en el suelo, como si estuviera haciendo oblación a otro dios.

—José, arriba, basta de miedos infundados. Todo diablo tiene ternura en el fondo de su alma. Solo tenemos que dársela a conocer y mostrarle el camino de la fe.

Entonces el diablo apareció y dijo:

—Os lo voy a decir una sola vez —Era gallego, por lo visto—. Ya he sido cordial con vosotros; sabéis bien que, en la hora de dormir, los testigos de Jehová, los mormones, los Ramones, los misioneros, los barrenderos, los que piden, los que no, y todos los etcéteras que se les ocurra ahora pensar, no podéis venir con vuestra cantinela hasta aquí, a menos que quieran darme su alma. Ni siquiera el mismo Dios.

José Ramón salió corriendo antes de terminar de escuchar la frase, olvidando una alpargata. Don Paco se quedó y, como buen cura, trató de ablandar el corazón del demonio. Para eso, dobló la apuesta y le ofreció toda su alma a cambio de que confesara sus pecados en la iglesia.

La iglesia de San Avelino se llenó de estupor y cuchicheos cuando los feligreses vieron al demonio en el confesionario.

Dios perdonó al demonio y dicen que le abrió sus alas para subir lentamente al cielo con el resto de los ángeles. La gente se quedó mirando para arriba, extasiada, como si hubiera visto un *ovni*. Por su parte, Don Paco, despacito, sereno y en paz, con la alegría de haber cumplido, bajó las escaleras que daban al sótano de la iglesia, de donde no volvió jamás.

La noticia se hizo oír en el pueblo. Después en las ciudades; hasta llegar a Roma, donde el Papa canonizó a Don Paco, el primer y único santo que mora ahora en el infierno.

Poemas de amor

Si Rilke hubiera sido un maestro más condescendiente y, por otro lado, yo entonces su joven poeta discípulo, y si esas famosas cartas publicadas me hubieran sido dirigidas a mí con afecto y no con ese rigor como a cualquier otro aprendiz, y si además no me hubiese tomado tan en serio la voz altisonante del poeta, tan a pecho su juicio de valor de medir lo bueno y lo malo, tal vez, entonces, querida mía, no me habría inclinado yo, finalmente, hacia el renegado de Gombrowicz tantos años; quien, por rústico y rebelde contra los poetas, me invitó desde un principio a escribir en mi llana y triste prosa; y tal vez no habría tapado las ilusas poesías el incipiente amor. Pero lo cierto es que, ya grande y todo como me ves ahora, desde el patio y mis macetas, bajo esta higuera añosa, con Popy a mis pies y vos, por suerte, a mi lado de nuevo, extraño no comulgar con la poesía y los poetas. Mi sueño adánico, con respecto a la literatura, siempre quiso ser el de un artista enamorado de la palabra poética y, más que nada, de vos, ¿qué otra cosa, si no?; no así el resultado, como ves, de un contador de historias chatas y grises. Sabrás ahora que, en mis años mozos, a mí me gustabas mucho, la mujer más hermosa de mi vida. ¿Cómo que "No"? ¡Que sí, que sí; te digo que sí! Y yo habría querido regalarte mis primeros poemas de amor como signo de todos mis sentimientos; pero, con mis apenas dieciocho años, eso era medio una carcajada y tal vez una pérdida de tiempo. En eso, conocí el texto del señor Witoldo, aquel ensayo famoso, y me inhibió tanto en mi pobre producción y en mis intenciones amorosas que no pude sino dejar mis ilusos poemas en un cajón bajo llave, con todo el dolor y el amor del mundo, y pensar mi oficio de escritor como el de un mediocre prosista. Rilke, por su parte, exigía demasiado de mis obras en verso, en particular por mi pobre juventud; y pensé en todo lo escrito hasta entonces por mi puño con una mezcla extraña de tristeza y rabia. Si yo debía hacer caso omiso al poeta y al prosista, a Dios y al diablo, mi intención de hacerte llegar a vos unos buenos poemas de amor se borraba con el codo: de la vergüenza, de la ineptitud juzgada por los sabios. Ni Rilke ni Gombrowicz, en su cinchada, me servirían para decirte cuánto te amaba. Ahora vos estás acá, otra vez en mi vida. Sabrás que, a pesar de los años, los juicios y las directrices, te estoy aún profundamente enamorado. Estos poemas son lo que pudieron ser, entendé, entre lo denostado por el polaco y lo exigido por el alemán; lo que pude escribir entre tantos juicios y prejuicios. Los saqué del cajón, finalmente. Es mejor dártelos a conocer antes de que otro crítico venga a hablar de ellos. Tomalos en tus manos y aceptalos como quien recibe un ramo de rosas o una caja de bombones; pensá como si no fuesen palabras; como que en realidad son cosas bonitas. El amor no tiene verso que le quede ni cuento que le vaya. Espero que no sea demasiado tarde para algo entre nosotros.

Cobranzas

De pie sobre el parquet, el hombre vio el espectro de su sombra proyectarse sobre la pared sur de la sala: un perfil exagerado y escandaloso, casi como el miedo que sabía infundir con su voz, cuando le venía en gana.

Acaso alguien lo llamaría, lo haría pasar; tal vez, una secretaria se dignara a abrirle la puerta de una vez, y entonces… Pero no, aún no.

Esperaba, de pie, como las estatuas de bronce que había visto en la plaza hacía unas horas, antes de que lo llamasen por teléfono para avisarle de la entrevista. Cómo habían dado con él… y por qué, no lo supo. Sin embargo, creyó que algo de todo eso tenía sentido.

Nunca había ejercido la profesión, ni siquiera tenía experiencia en cosas parecidas. La única tarea semejante a la de un Licenciado en Comunicación había sido su famosa y experta colaboración en cobranzas para una firma que lo obligaba a ponerse pesado con los morosos.

Sus llamadas telefónicas denotaban, si se quiere, una maestría comunicacional y, muchas veces, una temeridad única; y, sin embargo, los resultados eran muy buenos siempre. Conseguía que pagasen. Y eso era de radical importancia. Quizá por *eso* era.

Tal vez, esa excelencia en amedrentar jugosamente a los deudores podría ser signo y producto de un artista de la comunicación en vías de desarrollo.

Tal vez podría orientarse, adaptarse, sacarle el jugo a esta nueva empresa. Él era alguien capaz de conseguir excelentes resultados por el simple hecho de tomar el tubo y marcar. ¿Para qué un Licenciado?

Como con todo, no estaba acostumbrado a esperar. Tener que pasar más de media hora mirando su sombra lo fastidiaba.

Respiró hondo, carraspeó, hizo sonar sus dedos de la mano, volvió a acomodar su corbata.

Entonces apareció. Era un hombrecito de mediana edad con un revólver en la mano. Apuntándole.

Borges, mentor del rock

A lguna vez, allá por entre el '65 y el '69, si mal no recuerdo, de aquel siglo de *Los Beatles*, yo supe pasear entonces mis tardes juveniles de sábado por rincones escondidos que Buenos Aires me reservaba, entre un café y una medialuna, en una mesita de bar, del que ya olvidé el nombre, sobre una calle empedrada, como ya no se encuentran, donde Borges me invitaba siempre a conversar.

Eran años tumultuosos, pero también ricos o, en su defecto, prometedores para muchas cosas. Jorge Luis ya estaba ciego, o casi, pero todavía su dicción y su voz insistían nítidas como sus ideas. Yo, un muchacho apenas; él, Borges mismo, nada menos, aunque con el deseo de haber sido otro.

Hablábamos mucho. Siempre él intentaba, de manera sencilla, decir cosas importantes. Me contaba de su enemistad con algunos brillantes escritores y de su apego a personas buenas, que eran un cero a la izquierda en la poesía o en cualquier otra cosa.

En ese último grupo seguro estaba yo. Nunca fui un buen escritor, ni tampoco me di maña para ninguna cosa que no fuera escuchar. Y ese era mi gran don. Recuerdo que iba siempre con la idea de convencerlo de que gustase de la nueva música: el rock en castellano y argentino; pero Borges siguió prefiriendo el tango y la milonga.

Siempre me decía que la literatura se lee por placer y punto; que si yo prefería la nueva música a leer… que me comprara una guitarra eléctrica.

Así fue como Borges fue mi mentor en la música, y llegué a formar parte colaborativa del *staff* de una de las agrupaciones rockeras fundadoras. Toqué con *Los Gatos.*

Después, claro, me echaron cuando, en un concierto, le pifié mal a un acorde. Pero la culpa no fue mía ni de Borges, sino de Oscar Moro, que le había puesto algo al vaso.

Donde las paralelas se tocan

Ustedes que todavía pueden, ustedes, que conocieron el mal de la bomba atómica durante el siglo XX, el furor de la inteligencia artificial (IA) a mediados del siglo XXI, no se escandalicen ni se asusten por lo que les voy a contar; solo tomen los recaudos, hagan ponerle límites a sus desarrollos, construyan de nuevo un muro en el umbral. Sepan que todavía es posible. Aprovechen antes que lo otro invada lo uno.

En otro tiempo, alguien bien hubiera podido decir que esto es ciencia-ficción, que en la vida no es posible viajar de una realidad *X* hacia otra paralela *X1* ni viceversa, o mandar una carta al pasado.

Nada de todo esto es, sin embargo, hoy fantasía; nada tiene de fantástico. Ya se cruzó al otro lado, y no hay nada que se llame *misterio*. Ni siquiera contamos el tiempo; los sueños cada vez toman más cuerpo, más realidad; no hay, no puede haber, un mundo *diferente*.

Estamos en un universo mixto, permeable. La sociedad no se divide en clases, sino entre seres de acá y seres de allá, pero las puertas no se cierran, no se cierran nunca.

Como Julio Verne, que inventó el submarino, la idea de submarino, y después aparecieron hasta en barras de chocolate; así, la realidad superó finalmente a la ficción en distintos órdenes, a diferentes niveles; y es posible encontrarse, por ejemplo, con un dragón encerrado en el placard o con un mono hablador en cualquier esquina.

Así termina siendo el tan aclamado progreso para nosotros. Uno se esfuerza pensando en cómo alcanzar ciertas metas; pero, una vez en la cima, ya se está en la cima: no hay lugar más elevado que esa cima.

¿Cómo es la humanidad? ¿Cómo la ciencia? Primero, se piensa formalmente una idea, un concepto, un puente; y, al rato, está ahí presente, frente a los ojos de todos, cruzando el río.

Antes veíamos los horizontes, había un reducto de ignorancia y de fe; y entonces también había literatura, filosofía, religión. El mundo hoy está repleto de hormigón, estamos hechos de hormigón, ya no hay tierra mojada.

El umbral entre la física y la metafísica, los cuerpos y las almas, la conciencia y el inconsciente, el mundo y lo innombrable, fue conquistado paulatinamente con éxito. Antes, por medio del mito; después, por la filosofía; hasta desencadenarse la ciencia y la tecnología y un reguero de desencanto.

Soy investigador científico. Nací en el siglo XXII, que es un decir. ¡Qué importa ahora dónde y cuándo suceden las cosas! Tampoco interesan ya, para mí y para nadie, las cosas mismas. Hace mucho que empezamos, con mi equipo, a tratar de transformar la realidad, supuestamente para bien, y hace poco que la transgredimos malamente. Y esto ya no es una idea de puente o de *Veinte mil leguas de viaje submarino*, logramos combinar realidades, llegamos al punto donde las paralelas se tocan… Y no es el infinito.

De niño era muy curioso. Tenía en mí la condición y el carácter indispensables para pensar y hacer ciencia. Miraba los trenes partir desde la estación. Hacia el norte, se podía ver cómo los rieles se perdían en el horizonte, lejos, en un punto para mí inalcanzable.

"Observador sagaz", había dicho mi madre; "Un bocho", decía siempre mi papá. La escuela era aburrida, porque era "superdotado" o cosa parecida, o así lo expresaban ellos (mentira: solo me gustaba mirar bien antes de pensar). Cierto es que el tiempo pasó rápido y, cuando me quise acordar, ya estaba graduado de Doctor en Física y cumpliendo trabajo por adelantado, del cual hoy me arrepiento.

Después, claro, mis investigaciones, mis estudios, mis experimentos, me fueron llevando cada vez más a lugares soberbios y precisos; donde los encantamientos, la magia y la alquimia desterré, por fin, de toda posible literatura, de toda ingenua manifestación.

Con el correr de los días y las noches de trabajo, fue necesario despertar a los sueños de su ámbito oculto, de modo que sueños y fantasías fueran permeables a la vida, a la vigilia.

En mi laboratorio, si buscan bien, encontrarán seres extraños, que derivan de otras realidades, desde planos multidimensionales, que ahora relativizan y parodian mi historia, mi mundo, mi esfuerzo. Y se ríen de mí.

Hemos torcido las vías del ferrocarril. Hay vasos comunicantes entre lo posible y lo imposible. Lo verosímil de la vida, lo que intentamos construir para darle sentido a lo absurdo de la vida, ahora se ha vuelto algo tan ridículo como trágico. Ya no se trata de ficción o ciencia-ficción; es el mismo mundo que no se calla, que no deja su efervescencia de lado y no me permite pensar.

Si puedo darles un consejo, les diría que traten de guardar algo de su inocencia: jueguen a ser niños. Los niños todavía conservan la fábula, la mística, el corazón humano.

Me despido de ustedes y mando esta misiva hacia el siglo XXI, como advertencia de lo que vendrá.

Sepan que el progreso, sin embargo, tanto en este

lado como en el otro, no pudo derrotar a la muerte. La muerte perdura y estamos de paso, ahora y siempre. Es la cima que todavía la humanidad se reserva, el lugar virgen del que no se sabe mucho nada. Es el único misterio y condición que nos sigue perteneciendo.

No olviden darle culto.

Una carta despedida y veinte mil polentas con salchichas

María:

Tengo acá estas hojas blancas, iguales a las palomas que se desbordan de la ventana. Hojas blancas… como la nieve: son una oportunidad, o mi desahogo (¡vaya uno a saber!), y van siendo llenadas con tinta negra por mí, entre sístole y diástole, entre mañana y noche. Darían tantas respuestas como preguntas tengo, como preguntas vienen y van, como palomas vienen y van. Pero que, por sobrevolarme, nunca seré yo capaz de responder sin un dejo de incertidumbre.

Alzo las manos queriendo atrapar una, aunque tenga que desplumarla. Es un problema inexorable, implacable, y son tantas estas palomas necias, tantas las preguntas… como monedas desparramadas o como campanas que suenan a deshora, como ideas que no alcanzo a entender o a valerme de ellas para encontrar una llave a la libertad o, por lo menos, a que me dé noticias tuyas.

Mi lenguaje, lo sé, siempre es tonto; vasto, pero tonto; demasiado prolijo y complicado como para lograr decir lo que me pasa por entre las cejas, el corazón, entre estos herrajes carcelarios.

El amor desde el encierro. ¿Cómo describir eso que me sostiene entre estas paredes sucias? ¿Con qué palomas, con qué papeles, poder expresarlo con soltura? No sé.

Cazo palomas, ideas, con esta red entretejida de pensamientos y sueños; pero, en los sueños, soy el cazador y la presa. Soy, aparentemente, quien ama y es amado. Y, al verme en tal situación, no hallo palabras pertinentes para decir cuánto, cómo y a quién. Soy el arco y la flecha; el arquero y la flecha; la flecha y el blanco. Todo junto: amor; amado; amante. María: ¡me hacés falta!

Solo me visita el tan susurrante y acuciante deseo de siempre, esas estrellas interiores que se agolpan y explotan en la sangre y la rebelan ante la muerte vulgar, en contra del tedio y la condena de todos los días de polenta y salchichas, sin miel, sin el dulce de tu miel.

No sé si existe ese Dios —y lo digo sin temor ni temblor, María, sin pudor y sin ley— que se alejó de los templos para darle al cuerpo su piedad y su justicia... ¿Y... dónde está ahora? ¡Qué justicia!

Lo más seguro que tengo son estas palabras minúsculas, también blancas y condenadas, como palomas penitenciarias, que quisieran ser por un rato, más que una pulsión de la vida, un encontrarse con vos, con el beso de quien me espera —si es que todavía estás esperando, si es que de verdad alguien te hace llegar las cartas—.

Siento añorar también a mi piel, de tanto aguardar algo del cielo que está ahí, afuera: aludido entre las cartas sucesivas, los deseos y estas palomas que vienen y van, del tamaño y el perfume de esa magnolia, que deshoja ahora sus flores blancas en la tierra del tiempo.

Tengo, María, esta pena de andar con el alma encendida, sin poder tocar con esta mano que escribe acaso tu mejilla, tus manos, tus pechos, la cáscara que encubre tu corazón... Y esto arde, me arde por nosotros.

Desde mi celda de piedra, escribo para mantenerme lúcido, para no sucumbir a la muerte. Pero esta es una manera de engañarme y de decirme que puedo con esto, y justificar algo del hecho de que, por ser un reo culpable, y quizá un artista de la soledad, debo postergar toda esta necesidad que me habita.

Tengo con vos un solo canal, por ahora. Son estas líneas insurrectas, que pretenden romper los grilletes para decir "¡Te necesito! Te quiero cerca". Pero, ¿cómo llegar hasta vos, mi cielo? ¿De qué manera abrirme paso, en este tiempo de distancia y reclusión obligada y abrazos que no son? Casi no se entiende cómo lo soporto; cómo puede ser, cómo es posible, el amor así; cómo yo puedo amarte todavía, María, sin saber dónde estás, dónde estás ahora, palomita de mi corazón.

Soy un hombre que se apaga detrás de esta celda que mata, de esta carta que pareciera supurar todo ese deseo, esa piel que hay en mí; un corazón que late, a pesar de todo.

Es lógico que haya entre estas líneas una vibración, un querer estar, compartir, vivir, amarte de una vez y para siempre. Pero, como ves, ahí anda rondando el perro. Ese gusano malvado, que una vez quizá quiso ser aviador; ese búho de la muerte, que de niño miraba los pájaros y las golondrinas, porque su voluntad estaba en la libertad que tienen ahora estas palomas. Y ahí está, paseándose por los pasillos entre las celdas, vigilante de estas vidas apagadas, tan oscuras como la suya. Ese perro carcelero y vigía, a quien le debo las gracias por hacerme el favor de recibir estas cartas, que tal vez él mismo —estoy seguro— viene quemando. Ese ser despreciable que vive preso como yo, pero condenado por el destino y no por la buena o mala justicia de los hombres.

Me pregunto si estás ahí afuera, María, esperándome aún. ¿Existís todavía? ¿Existo? ¿Estoy loco, entonces? Una vez te vi en la estación, enamorada; otra, fuiste vos quien me vio ante el tribunal y mi condena. Yo sigo pensando que no me abandonaste, que no te hicieron saber la verdad. Sin embargo, algo me dice que ya sabés mi historia, dado que no recibo tus noticias —a no ser que el perro las esté quemando, sádicamente; que ese perro se ocupe de leer estas líneas, que se ría de mí y de nosotros, y las eche al calor de la chimenea gris—.

Sabrás que no recibo visitas de nadie. Solo alguna vez tu fantasma se desplaza etéreo por el patio, y te miro y estás entre triste y viuda, como todas estas palomas. Sin embargo, tengo una esperanza. Si esta última carta, si este último intento de carta, pudiera atarse a la pata de una de las tantas tontas palomas que se posan sobre el ventanuco…; tal vez si alguien encontrara una paloma marcada con el mensaje de esta carta desesperada, no me importaría seguir comiendo polenta con salchichas por una eternidad. Espero que esta boba entienda que es una mensajera. Ojalá alguien me adivine la intención y te haga llegar la carta, te haga saber que te quiero.

Retiro

Estábamos sentadas en Plaza San Martín. Veíamos a todo el mundo llegar al Centro: una marea de sacos y vestidos subiendo la barranca desde la estación terminal de trenes. La gente tenía en el rostro la mueca de la tristeza o el rictus de la preocupación, esa forma gris de ver el mundo. Nada hacía suponer que una historia distinta y nueva podía estar ahí mismo, entre tanta rutina y entre tanto padecimiento espiritual.

De pronto, pasaba una niña con una sonrisa y una muñeca, acompañada de su madre. "Los niños todavía sostienen algo de verdadera gracia", pensé. Jubilarse debía devolvernos al menos algo de esa sonrisa de niños, ese estremecerse por la vida misma; descubriéndola, aun tarde, en todos sus recovecos. Rincones donde se podía gestar, como un pollito amarillo, una verdadera historia, una historia que nos hiciese olvidar por un rato esas caras tristes.

Dos viejas jubilosas, llenas de alegría, sentadas en

un banco de plaza, viendo pasar al mundo preocupado y triste por nuestras narices, eso éramos nosotras dos: amigas inseparables, que comenzábamos a entender el trajín de todos, pero de costado; habiendo sido permeables a parte de él tantas veces como años acumulados, habiendo transitado ya las veredas rotas de casa al trabajo y viceversa, sin queja ni rebeldía. Sin literatura.

Ella tejía un pulóver para alguno de sus sobrinos, yo hacía como si leyera en la gente el destino fatal del Universo. Hablábamos entre nosotras mientras el sol nos besaba las caras. Recordábamos el pasado como si no fuese algo separado del propio presente, dando cuenta de nuestras vidas como un lugar privado y secreto, encerrado en un cuento escrito para nosotras solas.

De pronto, una brisa desde "El bajo" daba cuenta de la cercanía del puerto. Nos revolvía el pelo y la conversación, provocando un silencio largo y el olor a río. Y esas ganas de cuento otra vez, de que alguien nos contase un cuento.

En eso estábamos, cuando vimos al hombre. Tenía el rostro más preocupado y triste que cualquiera, desencajado, casi terrible.

Habría perdido algún pequeño objeto: alguna llave, algún talismán, ¿quién sabe? Por lo visto, algo bastante importante para él; preciado, tal vez.

Parecía buscarlo en el suelo mientras metía las manos en su cara. Estaba realmente aterrado, como si se hubiese ido su alma en eso.

Se acercó a nosotras. Tenía la cara de esos hombres humillados por el mundo, perdida; como si, en el oficio del éxito, su fracaso fuera ley.

Pensamos que nos iba a preguntar si habíamos visto una llave, ese talismán, ese objeto tan preciado, en alguna parte, en alguna baldosa, en algún banco de plaza. Pero lo que nos dijo fue que había sido estafado: que lo habían olvidado dentro de una historia de amor, que él era protagonista de un libro, de una novela rosa, y que alguien la había tirado en un cesto de basura. Ya nadie quería al amor. Ya nadie quería historias de amor.

Nadie leería la historia, ya nadie podría saber algo de él. Estaba varado a la mitad; y ahora, en este mundo de hombres y mujeres de sacos y vestidos, de historias grises y chatas, sin ninguna literatura posible. Su existencia era ahora absurda; y, sin embargo, se parecía bastante a todos los que pasaban por ahí. Sería uno más entre tanta gente sola y triste.

Mientras nos hablaba, compungido y desesperado, vimos a la mujer del sombrero, parecía la actriz de cine que, habiendo renunciado a su papel, hubiera buscado otro final.

Vino tras él; lo besó largamente, como si tuviera

que despertarlo. Le dijo algo que no pudimos escuchar. En su mano llevaba una cinta fílmica y una carusita. Incineraron la película y se fueron para el lado de la Torre de los Ingleses.

Una nueva historia de amor comenzaba frente a nuestras narices.

La cantante

Para mi mala suerte, o porque algo de tonto tengo, ya no son sus malas interpretaciones las que me joden, ni siquiera pediría que cambiase de canción; no, no es eso por lo que no duermo en la cama como cualquier hijo de vecino; para mí, esto ya es naturaleza pura, como los pájaros a la mañana que me cagan las sábanas y el colchón.

La primera vez que la oí pensé que no podría resistir vivir en un departamento como el que alquilé, ya hace seis meses, con toda la pena del mundo, y mírenme ahora; si supiera Raquel, ¡ay Raquel!, en qué enjambre de fastidios se volcó nuestra separación definitiva.

Porque es mentira que este es un dos ambientes, ¿no ven? Este lugar es una porquería dividida en dos; con un ventilador de techo que "bien, gracias", un par de sillas chuecas, una mesita comedor que renguea cada vez que le apoyo el codo y unos pocos cuadros que parecen haber sido pintados por mí una noche de juerga y borrachera.

Y, así y todo, estos seis meses fui un exquisito estoico: no me quejé ni del ruido de la estufa ni de los chifletes de la ventana ni de la heladera, que funciona bien, pero cada tanto tengo que darle unos golpecitos para que no se olvide de que es *una heladera*.

Todo esto, sin embargo, sería anecdótico si no fuera por la chica del piso de arriba, que le ha puesto a uno a todo trapo la ingrata sensación de estar en el gallinero del Colón escuchando a la madre de todas las zambas desafinadas.

Sí, y me van a entender enseguida. Escuchen, escuchen, ahí arranca otra vez la loca del sexto con una nueva versión del mismo tema. Hace una semana que está probando "Luna cautiva". *"De nuevo estoy de vuelta…"*, ¡escuchen!

Pero, como dije al principio, me tiene sin cuidado eso: que cante todo lo que quiera, que me haga aprender la letra de memoria, si eso busca; no es esto lo que me molesta ahora ni tampoco es ese tono tan fuerte del tipo Valeria Lynch ni esa melancolía rígida que transmiten sus cuerdas vocales.

Lo que me arruina, queridos míos, lo que verdaderamente me quita el sueño y no me deja olvidar a Raquel y a mis hijos en la casa de Ramos Mejía, es la luz muerta que se inmiscuye como un duende desde el patio, esa suerte de pulmón de manzana que parece carozo de aceituna. ¡Si me viera mi querido viejo! ¡Qué cosa la vida! ¿Por qué, Raquel, tuviste que enamorarte del piletero?

La piba se pone a cantar siempre antes de las seis, arranca con la musiquita que puede venir de un tocadiscos viejo, con ese sonido a fritura rancia que tiene, y se pone a cantar a grito pelado; y es ahí, justo ahí, que asoma la luz mala, esa calavera que mancha las paredes con sus sombras, esas imágenes reas y desnudas que se pasean por cada zócalo, cada esquinero. Por eso lo de la terraza, lo de dormir en la terraza.

La fiesta

A esta fiesta no fui invitado nunca. Nunca. Nadie quiso ni osó jamás darme permisos ni credenciales. Y estoy acá, sin embargo. Feliz. Cantando. Sin etiqueta, y de todos modos.

Plebeyo, sí; pobre, sí. Sin foto ni carnet, claro. Pero bailando. Con todas las princesas y cortesanas. Con todos los reyezuelos, los duques, las marquesas y los condes. Con los caballeros de oro y de espadas. Con los heraldos, con cada cocinera, con cada criada también, olvidada ya de sus tareas inmundas, cenicientas.

Entré por la ventana que da al este. Hice, de la prohibición de ser parte, un derecho propio. Ni natural ni divino, más bien un derecho adquirido, un privilegio que he tomado como se roba la manzana del árbol del jardín del emperador.

Por hambre de fiesta nomás, y por hacerle justicia a este cuerpo, a esta vidaluz que lloraba, ya al nacer, por ser parte también del banquete.

No han sido Juan, el Rey, ni Mi-lady, la chismosa, quienes, con migajas y limosnas, me han dado a entender el mundo, la fiesta del mundo, su gracia y su porvenir. No. Fueron la vida misma, el urgir de mis riñones, el tambor de mi corazón, la idea de que puedo ser un señor entre señores, los que han hecho de mi conducta esta convicción y alegría que agradezco.

Me he coronado rey entre reyes, y bebo de la copa burbujeante su elixir. Este vino que se hizo agua dulce de durazno y que ahora salpica en las caras de la corte, como espuma de carnaval.

Porque cada vida merece una corona y una fiesta. Y un brindis; aunque les moje las orejas a la crema y a los socios. Porque cada une *es* una fiesta y un palacio. Porque… si la vida es la misma en todos y todas y todes, porque si todos laten con ella, ¿por qué habría de ser de quienes van a la fiesta y quienes solos comparten su hambre y su sed?

La tristeza nunca fue invitada. Más vale entrar, entonces; y que entren todos. Hacerla nuestra, invadir lo que otros entienden por "palcos privados" y "salones *VIP*".

Ahora la fiesta no es de nadie, pero es nuestra; y a propósito la venimos a buscar justificados por una ley que late y late. Como cada corazón.

Beber, comer, reír, llorar.

Soñar, y volver a beber.

Tarta de zapallitos

L o que sería un garage, en principio, se transformó, poco a poco, en una tremenda biblioteca. Estanterías en dos de las cuatro paredes sostienen los libros; filosofía, literatura, política, antropología, ¡vaya a saber qué otras asignaturas gobiernan el salón! ¡Cuántas veces Florencia le dijo a Manuel "¿Para qué tantos y tantos libros?"! También hay una cama de una plaza toda revuelta a un costado, dos bicicletas grandes, un triciclo, algunas cajas con otros libros y un escritorio viejo contra la ventana que da a la calle. Traspasando una puerta, podemos encontrar un pasillo que nos llevará a los otros cuartos, la cocina, el living, el patio debajo de la parra.

Manuel está tomando un mate en el patio. Mira la huerta y las plantas florecidas. La primavera le sienta bien, le recuerda su casamiento.

Florencia estará por llegar con Marieta, la traerá del jardín; tal vez, hoy tocará cenar tarta de zapallitos.

Sabe que no debe discutir acerca de la comida. Marieta tiene que comer lo que se le ofrece; ya la pediatra dijo que la niña debe alimentarse no solo de fideos y pizza, que es importante la verdura.

Manuel revuelve el mate con la bombilla y sigue pensando. "¿Cómo hacerle entender a Marieta que tiene que comer verdura?". ¿Cómo obligarla sin hacerla enojar? ¿Cómo hacer para que la pendeja coma la tarta de zapallitos de esa noche?

Florencia llega con Marieta, la lleva medio a la rastra, la reta, la niña lloriquea. Hoy tiene que comer verdura y se acabó. Que si quiere postre, primero la tarta; y si no, la tiene en el desayuno.

Manuel, harto de los berrinches, se instala y se encierra en la sala de lectura. Toma la novela que había dejado pendiente y se pone sobre el escritorio a leer, olvidándose de todo. Pero Florencia sigue peleando con su hija, lo puede escuchar desde la biblioteca.

Manuel, entonces, da fin a la lectura y se levanta; se le ha ocurrido una idea. Y, dejando la novela de lado, toma el libro de Doña Petrona. Se pone a cocinar por primera vez en la vida. Florencia lo mira con asombro. Marieta, con curiosidad; ya ha dejado de llorar y hacer puchero por todo. Le pregunta a su padre si puede ayudarlo. Entonces Manuel la sube a un banco y le dice que lave los zapallitos bajo el chorro de la canilla.

Al rato, durante la cena, Marieta está comiendo con gusto la tarta de verdura.

Esa noche, Florencia y Manuel duermen juntos en la cama doble.

Una brocha roja

Hoy, acá, entre las paredes y la noche. Noche que, por vicio o por necedad, tapé con persianas de enrollar o que busco ignorar, como uno puede ignorar lo que desprecia aunque lo conozca bien. Es preciso haber visto la noche, haberla vivido, sentido alguna vez, antes de querer ignorarla. Mi experiencia de noche es infinita y trotamunda, ¡cuántas veces, errante, callejeé la noche por insomnio o por tratar de hallarla del lado del amor! Pero ahora no, hoy no: me repliego en la habitación solo. Sobre el escritorio van corriendo una a una las palabras, de izquierda a derecha, de arriba abajo; un placer suplente de lo que me valdría decir, por escrito en estas paredes y en las de todos, que acá anduvieron mis ideas, mis pensamientos, mis agonías, esos sueños truncos. Escribir las paredes, pintarlas, darle esa luz cálida a la ciudad que se demora en grises y alquitrán, eso querría. Pero acá estoy, entre estas paredes color café con leche, iluminado por la lámpara, solo; por lo que valdría lo mismo estar desnudo que vestido, en pijama o en pantalones de corderoy. Tengo un amigo anarquista que dice ser menos anarquista que yo, aunque yo no sea nada de eso e ignore —de ignorancia absoluta y no por desdén— las características de ese movimiento o esa religión. Me considero un sujeto común, demasiado común como para ser atendido con la lectura de este manuscrito, salvo —Dios quiera— que este texto sea más importante que yo, más atendible que yo, menos ordinario, más protagonista. Muchos escritores saben de lo que hablo, ¡cuántos de nosotros escribimos nuestros Robinson para dar sentido a nuestras vidas de color gris! Es cosa fácil ignorar lo intrascendente; pero yo conozco aquellos hombrecitos grises, que andan penando la vida y que se detendrán en la insignificancia de estas líneas, porque se reconocen en ellas: mis ideas grises, de color gris lavado, como las paredes del mundo. ¡Cuánto daría yo por tener una brocha roja y un buen andamio y ponerles labios a las paredes de la ciudad, labios que dijesen "Aquí me tenés, hombre-desesperanza, dame tu beso y habrás cambiado tu destino para siempre"! Sí, un hechizo donde el mundo sea más cálido, más fraternal, menos ácido. Pero no, ¡qué paredes voy a pintar!, apenas esta hoja vacía en la que se escriben las palabras negras como otrora los hombres escribían en sus paredes los jeroglíficos y sus historias de paso. Soy un hombre gris, igual que ellos, como tantos otros hijos del desasosiego, cuyo legado nos ha traído no solo la tristeza sino la lucidez de saber por qué, por qué somos lo que somos. Por qué el mundo triste, gris, asfaltado por arriba de las piedras —al menos el empedrado servía para sacudirnos—, por qué el mundo, digo, este mundo, siempre y cada vez es más gris. Los pájaros huyen de acá, como mis lindos sentimientos, como los pájaros de quienes visitan semana a semana a sus psiquiatras, a sus gurús. Necesito esa brocha roja para pintarle la boca a esta tierra de edificios sucios y de plazas solas, al servicio del almuerzo de estos pobres oficinistas. Y es entonces, ahora, que me alisto con una brocha roja del color del corazón, que saco desde el fondo del alma, como si fuera de mi mesita de luz, para salir a pintar labios, besos y bocas de deseo que quieran ser esta noche protagonistas. Salgo; salgo a la calle, nocturna todavía; me deslizo como un gato blanco, que hubo de ser gris, pero que ahora tiene el color de la luna, y pinto con mis manos rojas los labios, las bocas, los besos de todos, en cada pared, en cada esquina, en cada asfalto. Ahora estoy feliz porque he matado la abulia del mundo, la desesperanza del mundo, el frío y la tristeza.

Una verdad increíble

Lo vimos desde la terraza.

Al principio, un puntito colorado… y nada más. Después, se fue haciendo pelota de tenis, pelota de básquet, pelota de…, cada vez más grande, cada vez más cerca, cada vez más roja. Entonces, mi hermano Pablito se asustó mucho y se fue para la casa.

Me quedé solo, solo con eso. Tenía luces alrededor y parecía llevar un aura, como una vez el abuelo dijo de los santos. Pero no era un santo ni una monja. Eran extraterrestres.

El capitán marciano (o como se llame el coso ese) vino a saludarme. Hablaba castellano de corrido, pero con un acento muy extraterrestre.

Entonces me lo dijo. Que nuestro planeta estaba en peligro. La alerta era máxima. Pero yo no sabía qué hacer con el mensaje (en casa, si cuento una cosa de esas, me tratan de que estoy jugando y haciendo bromas).

El marciano capitán me entregó la misión de avisar a todos los terrícolas del mundo que estábamos bajo amenaza. Y yo no hice más que levantar los hombros.

Pienso que debería haber visitado al presidente o al jefe del ejército; no a un muchachito como yo, que no tiene voz ni voto. Pero bueno, yo era el encargado. Yo tenía la misión que venía del cielo de estrellas, de otra galaxia, quizá, de otros dioses. Y entonces...

Entonces no supe cómo conducirme sino diciendo la verdad.

Mi mamá estaba haciendo la cena. Mi hermano, en el cuarto, creo que rezaba unos cuantos Padre Nuestros. Papá estaba arreglando no sé qué chirimbolo del televisor, dijo que había problemas con la señal de la antena. Yo sabía por qué.

Entonces, desembuché la noticia:

—Papá, papá. Lo que pasa es que unos marcianos del espacio interestelar vinieron hace un rato a avisarme que hay peligro en el planeta Tierra. Los recibí en la terraza. Por ahí por eso no anduvo bien, por un rato, la televisión.

—Nicolás, no me digas que estuviste tocando la antena de arriba, porque te doy un coscorrón. ¡Andá al cuarto! Te quedás en penitencia.

Pensé que esos marcianos eran medio gilones. ¿Cómo creen que alguien me va a hacer caso a mí, si apenas soy un niño de diez años?

Casarse

Vos no viste cómo se vino al sopi. ¡Pobre tipo! Lo que pasa es que la bandeja desbordaba por todos los costados y, encima, el piso recién pasado el trapo, lustre de cera por el salón, y así después —¿cómo no?— la gran patinada gran: *¡cataplum!* Las copas de helado, *crash*; los flancitos con crema, *pulp*, ¿viste? Todos los spaguetti al filetto tiñendo con él, despatarrado, la escena del restó. No hubo persona que no diera vuelta la cabeza para mirarlo. Después vino Doña Milena, con cara de "Te voy a recortar el sueldo"; en las manos, un lampazo y un balde, que casi se lo pone de sombrero. Pero la cosa no quedó ahí, ¿qué te pensás? No, no, el pibe tenía ínfulas de justicia social; sí, ¿qué te parece? Y era como su viejo, dicen, que perteneció a la jotapé, y que su abuelo conoció a Evita y toda esa perorata. Milena lo tenía entre ceja y ceja hacía rato; pero el pibe, rabioso, ahí nomás lanzó la bandeja por el aire; se sacudió, como pudo, la mugre, aunque las manchas del filetto no le iban a salir ni con lavandina. Entonces, la dueña le dijo una sarta de cosas que no te puedo repetir, imaginate vos. Derechito, hacia la puerta de calle, el tipo se fue con los humos y las manchas. Nada hacía pensar que volvería con un ramo de rosas. Margarita, la ayudante de cocina, preocupada, había salido a ver el desparramo y la protesta; ¡y sí! Imaginate. Vos te reís ahora, pero en ese momento el aire se cortaba con tijera. Me vas a decir que las promesas y los compromisos de matrimonio se hacen en ocasiones supuestamente relajadas, preparadas y limpias, y con cierta seguridad y estabilidad laboral. Pero Margarita recibió su propuesta matrimonial con rosas y manchas de filetto, y sin alguien que pare la olla, con una mano atrás y otra adelante, medio a la buena de Dios. ¡Qué paradojas de cosas!, ¿no? Se ve que el pibe tenía que tomar coraje, envión, lo que se dice, como para animarse a tanto.

El gato blanco

Amaba a Patricio. Nada hacía suponer que la relación podía venirse abajo por una nimiedad. Mi terapeuta dice que las relaciones más profundas tienen sus crisis tremendas a partir de cosas chiquititas, banales, situaciones de convivencia que a cualquier otro de afuera le pueden parecer irrisorias, ridículas.

Sin embargo, yo nunca creí que el problema fuese, en verdad, irrelevante. Él afirma que pequeñas cosas de la relación amorosa pueden ser reflejo de situaciones más profundas, graves e inconscientes. Como que una se queja por la caca del gato en la alfombra cuando, en realidad, lo que pasa es otra cosa.

Pero ese gato no era un animalito cualquiera. Patricio me lo entregó como regalo de bodas. No sé de dónde sacó él que yo adoraba a los animales. Los respeto mucho, sí. Jamás como carne, me da repulsión comer pensando en una vaca muerta. De ahí a que una quiera pasar su vida con un gato es otra cosa…

Era blanco, blanquísimo, tiraba mucho pelo, largo encima, y mis sillones son marrón oscuro. Así que luchaba mucho con la limpieza. Todavía hoy puedo encontrar algún pelo debajo de los almohadones.

Pero todo eso es soportable, no es lo que se dice el intríngulis del asunto. Sentí, desde el primer momento, una conexión extraña entre el gato y Patricio. Lo noté y me hice la boba. Una se hace la boba por tantas cosas... Desde que el gato entró en la casa, Patricio fue cada vez más distante conmigo.

Solía irse de casa con el gato a cuestas, iba a trabajar con el gato, vivía para el gato. Al volver, tarde a menudo, se echaba en la cama y dormía abrazado al felino, como si fuera su mascota más preciada. Pensar que había sido mi regalo.

No quiero entrar en detalles reveladores e innecesarios, pero yo no podía dormir a su lado, creo que el gato obraba concienzudamente sobre Patricio; tan lindo él, tan amable al comienzo, tan cielo. Ese gato tenía un poder sobre mi reciente marido, estoy convencida.

Una noche le sugerí a Patricio regalarlo. Para mi sorpresa, mi marido se angustió. Empezó a hablar de manera muy extraña, diciendo que el bicho necesitaba mucho amor.

Al día siguiente tomé la determinación. Ver volar a ese gato desde la terraza del edificio fue, para mí, un gran alivio.

Patricio, ahora, está recluido en la clínica, con depresión, y decidimos terminar. No es que esté celosa; yo sé que ese gato le estaba haciendo mucho mal a él, y también a mí.

Mi nombre no es Francisco

Soy un hombre exitoso, o eso lo creí siempre. Joven todavía. De profesión, se podría decir muchas cosas: tengo varias diplomaturas y títulos de posgrado que acumulé en pocos años. No quiero aburrirlos con eso. Un cargo importante en una empresa de primerísimo nivel, manejo un BMW importado, mis hijos me miran con orgullo. Creí siempre ser yo, este quien habla, dice y hace según su vocación, su voluntad, su deseo. Una casa con parque y pileta, mi perro guardián, mi fiel mujer, los hijos que tuve, todo eso, lo que creí por siempre un sentido, una base firme de mí mismo.

Hasta hace poco, se podría decir que me llenaba de prestigio todo mi patrimonio. Saber que lo adquirido con mi esfuerzo me lo debía principalmente a mí mismo y a mi educación; a mi manera de auto-superarme, de encontrarle la vuelta a los problemas. ¡Vamos! No solo soy inteligente; si no fuera por mi devoción al trabajo y al esfuerzo, no habría llegado tan lejos. Creí, además, que les debía mucho a mis padres. Porque me criaron bien… Aunque valga decir ahora que eso no es tan así.

La semana pasada algo hizo *click*, algo se rompió en mí y todavía no puedo encontrar los pedazos. No caigo. O no lo puedo o no lo quiero creer. Siempre vi a esas señoras como extraños fantasmas del pasado. Ya se sabe que el socialismo perdió su lugar en el mundo después de la caída del muro y que, si de algo se quejan, sea tal vez debido a los errores de sus hijos. Eran guerrilleros; y eso, para un país normal que busca insertarse en el mundo, es un gran problema

¿Es un gran problema? ¿Me conozco? ¿Quién habla? ¿Soy yo el que piensa lo que dice y lo que está queriendo decir? Me siento, por primera vez, un endemoniado, sin esa base tan libremente construida desde un principio. Sin ese yo tan real y próspero.

Cuando una de esas Madres de la Plaza me llamó por teléfono para decirme que era probable que yo fuese un hijo robado durante la década del setenta, me causó una comicidad enorme; después, con la insistencia de esa mujer, sentí que me faltaban el respeto. Unas horas más tarde, era yo el que la llamaba para preguntarle detalles sobre esa supuesta averiguación.

Hoy estoy pasando la crisis más terrible. Empiezo a llenarme de una rabia y dolor imprecisos, ajenos, como si otro ocupara mi cuerpo y mi lugar. Y entonces vienen las pesadillas, ese agobio de no ser yo. Esa necesidad de tener que seguir siendo, por un rato, Francisco; aparentar que ese BMW sigue siendo mío, sigue estacionado donde lo dejé, que esa casa es mía, que todo lo aprendido es acaso una forma indistinta de ser alguien y que mi madre es mi madre y mi padre es mi padre.

Quiero creer que todo es como era antes; pero, en el fondo, la pesadilla viene a socavarme por dentro. Entonces, decir los buenos días, decir "Te amo, Susana", decir cada cosa que digo desde siempre, es una comedia que quiero transformar en real, o una máscara que remplace la cara. Pero la pesadilla sigue ahí. Blandiendo su oscura historia, la crueldad de ciertos hombres que me quitaron la primera verdad.

¿Cómo ser mi verdad? ¿Cómo quitarme ese BMW, esta casa con familia, este apellido patricio, esta suerte que no es mía? ¿Cómo quitarme a mí mismo del medio, para ser ese otro que me reclama su pertenencia?

Cerveza

Durante mi tercer cerveza empecé a sentir el sudor, la camisa pegada al cuerpo, las axilas desparramando el olor a hombre, las gotas que resbalaban contorneando mi perfil y mis mejillas, el pelo revuelto y mojado; la mujer de la otra mesa que no paraba de abanicarse; el hombre gordo que se había desplomado en medio del salón.

Era un día de enero, acá, en Buenos Aires; el calor no es noticia en esta latitud para esta época del año; pero recién entonces, mientras tomaba la tercera de mis cervezas, terminado ya la última *Quilmes Cristal*, la conciencia, mi razón, dio un vuelco; fue como si despertara de un letargo infinito, o de una imbecilidad.

"El alcohol, en su justa medida —pensé—, más que decir la verdad, la estaba mostrando, la hacía patente; lograba que yo, mirando el fondo del vaso, encontrase, como en la bola de vidrio de una vidente, por fin el calor, el sudor, el malestar de un Buenos Aires húmedo y caluroso, como el de todos los eneros". Algo insoslayable de lo que me había sustraído por la costumbre de ser yo, todos los días, el mismo.

Pero eso no era todo: haber tomado las tres botellas de cerveza me propinaba también muchas otras verdades. Podía distinguir en los demás sus sombras y sus perversiones; muchas de sus cosillas sucias que, en su día a día, no osaban desnudar ni tampoco percibían, miserias de quienes tenía a mi alrededor, incluso de perfectos desconocidos; a todos les intuía —en un gesto, en un ademán, en una prenda— una cosa negra: un pasado o un presente escandalosos, al menos para ellos mismos; pero, dadas las cosas y su circunstancia, en el fuero íntimo de sí mismos, cada chanchullo, cada inmundicia moral, si se quiere, terminaría perdonada tantas veces como fuere necesario; porque cada una de esas pecaminosas sombras les hacía sentirse, de alguna manera, vivos.

En el mesero, por ejemplo, a través de sus pupilas dilatadas y temblorosas, lograba entrever cierta afinidad hacia algún tipo de fiestas; en la mujer del abanico conseguía encontrar, mientras acariciaba a su perro, un tipo de costumbre sexual prohibitiva; en el gordo, que todavía no podía levantarse del piso, sentía, a través de la cadenilla de oro que colgaba de su cuello, el hábito del juego o tal vez una paupérrima situación económica disimulada en su oxímoron. Todos, todos, sin excepción, eran víctimas o victimarios en alguna cuestión oscura. Y yo mismo, a través de mi tercera cerveza, había reaccionado no solo al calor, no solo a la vida oculta de los otros, sino que también lograba revisar, como un detective privado, mi propia vida. Entendí, por ejemplo, que mi hábito de esconder el dinero a mi mujer era un acto de avaricia y de egoísmo, un placer mezquino del que no podía jactarme, una pulsión de poder sobre ella. Que, en realidad, no estaba ahorrando, sino escondiendo su posible bienestar, sus compras en la boutique y en la mercería, por goce nomás, por crueldad y sadismo.

Entonces, salí del bar en dirección a mi casa. Me di un baño largo y abundante. Tomé el dinero escondido y lo puse a la vista. Esperé a Matilde, que llegara del psicólogo. Le dije que la quería, le pedí perdón por tanta cosa indebida, le enseñé los billetes arriba del armario. Salimos a cenar afuera.

Ella pidió una *Quilmes*, a mí me dolía un poco la panza y pedí una gaseosa. Cuando Matilde estaba por terminar su cerveza, empezó a hablar como nunca la había oído. Dijo que estaba enamorada de un tal Rodolfo, que hacía un año se veía con él a mis espaldas, que me engañaba, que se lo perdonara; pero que ella, mi Matilde, no podía estar arrepentida de ese amor.

Cohete a la Luna

El bar, atestado así de gente, pibe, casi casi que el humo se corta con tijera; así, lo juro, un cielo nublado, más que un cielo… un cielorraso. Los muchachos hablando de todo, una cosa que lleva a la otra sin ton ni son, sin punto o lazo que las enganche. Es que, en Buenos Aires, a la hora cero, ahí en Av. Corrientes, el alcohol, la pizza, las ganas de entrarle a una mina, los temas de actualidad, el tango, el rock, el cine, todo eso es caldo y fideo para una charla variopinta. Y según qué mesa también. Porque andaban los acartonados, esos que no se juntan con cualquiera, y que te hablaban muy tupé, muy pichichí, que del cine francés no pasan, eh; porque siempre estaban como mirando a Buenos Aires con la cara de Europa, como todo Sarmiento, Avellaneda, Roca y la mar en coche. Había otras mesas también. Los de Boedo que decían "Los sureños pata sucia, que te cantan las cuarenta siempre", que venían con verdades como nadie, ¡pero qué olor a sobaco desde el cabello hasta el tujes!

Este cuento intenta ser el de la mesa que era la de los filipinos; que así les decían, porque eran una manga de adelantados; tan adelantados venían que no se les entendía un pomo. Hablaban con mucho firulete; entendeme, mucho firustambre, con palabras solo de ellos y cada quien los trataba de entender a su modo. Habían inventado un idioma nuevo, entre geringoso y esperanto, pero muy vanguardista, muy creacionismo, muy politongo. En una de esas noches de sábado o viernes, durante el verano del '71 - '72, ponele, antes de la vuelta de Perón, a estos zafarranchos se les ocurrió hacer un cohete a la Luna con material que no sé de dónde sacaron, tal vez hurtando el galpón de los cachivaches de un tío de ellos, ¡andá a saber! Pero no va que salen a Corrientes, prenden el artefacto con un pucho, y el cohete sale tan fuerte, tan fuerte, que le pegan no sé a qué historia de antena de los milicos. Así es como terminaron en el calabozo cuatro días. Al salir, ya hablaban de corrido el castellano rioplatense.

El árbol

Creció a la sombra frondosa de la alameda. La semilla había sido depositada por una brisa de verano cerca del zanjón, pero no demasiado cerca. De modo que recibió el agua necesaria para germinar. No así la luz directa del sol; por lo que le costó despuntar del suelo.

De todas maneras, sobreviviría; al resguardo de la helada y de los vientos huracanados, podría el arbolito buscar la luz retorciéndose un poco, intentando captar del sol la luz que se filtraba por entre los resquicios libres del ramerío.

Una noche de invierno, hombres fornidos con hambre de madera pasaron por ese campo. Acamparon ahí mismo. Juntaron ramitas secas. Hicieron fuego para calentarse, mientras guitarreaban una zamba tristona y gris. Se echaban sobre los yuyos y miraban las estrellas para ponerles nombres propios, para hacerlas suyas. Y así les llegó el sueño y la madrugada.

Fue despegándose el sol del horizonte, despertaron entre mates y galletas. Buscaron las hachas y los guantes, y empezaron a talar la alameda completa.

El arbolito, sin embargo, se salvó de ser talado. Porque era algo retorcido; y, si bien tenía un buen tronco y una salud escondida, no serviría para construir ni siquiera una cama.

La antigua alameda quedó toda tronchada. Ninguno de esos grandes árboles quedó en pie. Solo el arbolito desparejo, que enseguida recibió la luz del sol, tuvo oportunidad de crecer y desarrollarse como ninguno de aquellos había podido.

Ahora, en ese campo hay un árbol enorme, al que le da todo el sol, todos los vientos, todas las aguas. En él hacen nido las aves… y las estrellas.

Navidades

Cuando era niño, esperaba a Papanuel sentado de este lado de la chimenea.

No quería aceptar la verdad, aunque la supiera; para mí, Papanuel vendría en su trineo de nieve, entraría con los regalos por el buraco negro y se deslizaría ágilmente como una gacela hasta los pies del arbolito. Nada hacía pensar que esto no sucediera así. Mis ojos no verían jamás la panza ni el traje rojo, lo sabía; pero mi alma y mi corazón soñarían, día y noche, con ese sujeto de barba y gorro de dormir, que entraría intruso a regalarnos del mismo modo que otros entran para robar.

Algunos de mis amiguitos le decían "Niño Dios", que la Navidad era el natalicio del Crucificado. Pero a mí no me cerraba nada que un hombre inocente fuera clavado en un trozo de cedro, y que eso tuviéramos que celebrarlo. Me gustaba más la idea de un gordo bonachón que con una bolsa de arpillera surcara el aire de la noche para traernos los regalos y las alegrías. Esa era la Navidad.

Se celebraba en familia y con amigos. La Nochebuena, que así le decían.

Mamá, unos días antes, había armado el pinito con sus luces y sus bolas brillantes de color. Papá se encargaba de comprar la comida y la bebida. Recuerdo que mi tía y mi mamá, a veces junto con mi abuela, cocinaban esa tarde el matambre casero y el vitel toné y preparaban las ensaladas.

En esa época, se tiraban al aire más petardos y fuegos artificiales que ahora. Íbamos a la terraza mi hermano y yo, con la tía, y mirábamos las estrellas y los fuegos, pidiendo deseos que no se cumplían nunca. Yo tenía mi estrella. Una medio roja, que está todavía cerca de las tres Marías.

Una vuelta, vi una huella en la alfombra que parecía de la bota de Papanuel. Fue el rastro necesario y suficiente para seguir creyendo en la Navidad y en los milagros. Hasta que crecí.

Ahora soy un adulto de cuarenta y pico años de edad. Pero, aun así, todavía conservo mi niñez en algún lugar recóndito de mí mismo. De vez en cuando, en Navidades, veo un satélite que viaja o una estrella fugaz y mi corazón da un salto, pensando que, quizá, esta vez se me cumplan los deseos, que esta vez llegue el milagro y que Papanuel entre, como pueda, en la chimenea de esta casa.

Apología del mentiroso bueno

S e me da fácil mentir, entienda. Soy un mentiroso excelente; el mejor, sí. Empedernido, sinvergüenza, todo lo que usted quiera; *pero*, además, un buen mentiroso, un mentiroso *bueno* quiero decir, realmente bueno: lo hago bien…; más que bien, con estilo, sí; y, *también*, además, con ética, ¿sabe? Con *santa bondad.*

La gente confió en mí porque mis cuentos, más que alistados a la verdad, son verosímiles y épicos, cuasi reales de tan bien hechos, tejidos con hilo muy fino de seda dorada; y eso, señor juez, es lo que verdaderamente importa. De eso nadie me va a hacer santa justicia, lo sé. Pero acá va mi defensa.

A la gente no le interesa la verdad —aprendí eso hace tiempo—, sino que el cuento sea posible, ocurrente y feliz, que los haga sonreír, creer, saberse ellos.

Hay oportunidades cuando cambio el testimonio de los hechos, lo que se dice… *la* verdad —¿qué es *la verdad*, a fin de cuentas?—. Ella puede resultar inverosímil, demasiado extravagante o irrisoria, patética, sin sentido; muchas veces, sin un final redondo. Yo convierto lo penoso en Gloria, sabrá.

El cuento es capaz de corregir, endulzar y hasta encantar la verdad, volverla más real, más probable, más admisible a la conciencia. Y de eso, señor juez, no me puedo arrepentir... De eso sí que estoy convencido.

Tal vez fui, para usted y para varios otros, un estafador durante todo mi quehacer, al que yo considero *humanitario*, de tan bueno que resultó. Quizá me llené los bolsillos por un rato con algunas monedas, pero no sería el primero ni el último. ¡Mire a los políticos y sus promesas!

Yo, a cambio, verá, les entregué un mundo hecho a su medida, les hice creer por un rato en una felicidad remota, posible, encantada. Métame preso todo lo que quiera, yo me sé —a diferencia de lo que dicta la justicia de los hombres— un reo político, porque he sido hasta ahora un fabricante de ilusiones para el pueblo; y, si usted me condena, es porque está en contra de esa felicidad.

Y si me pregunta ahora por el dinero, mire: hay gente que paga por ir al cine o leer una novela. ¿Qué hay de malo en eso?

Yo hice de la ficción una forma de realidad y de

promesa. Efímeras, claro, como toda película, como todo cuento; pero, ¿quién les va a quitar a ellos esos momentos de fervor?

Mis cuentos no son muy distintos a las historias amarillas que los medios masivos nos quieren vender; sin embargo, creo que están por encima de estas, dado que los míos siempre buscaron una felicidad en la cara de los otros. Nunca vendí sangre ni morbo, nunca tristeza ni desolación, nunca inseguridad y alarmas, nunca una sociedad de miedo; sino, tal vez y como al pasar, una comunidad risueña; llena de mitos, sí, pero con un horizonte, una banderita; algo que, por un instante, los hiciera sentir que son hermanos.

Acá tiene todas las monedas. Se las doy, para que vea que tampoco me importa, a fin de cuentas, lo recaudado. Vea, ni siquiera gasté el dinero. Lo guardé celosamente en una caja, donde guardo mis ilusiones baratas y hermosas. Se lo devuelvo a la gente, con la alegría de saber que ellos soñaron conmigo por un rato.

El autor

Javier Santos Rodríguez nació en Argentina en 1981 y tiene varios libros publicados: *Tierra mojada*, *Al sur de la distancia*, *Prosas y Trazos*, *En el borde de este mundo* (también por editorial Llave maestra, en 2021). Y ahora se anima, luego de algunos años, con este nuevo libro.

Alguna vez escribió:

Vivo haciendo preliminares para una obra que no existe todavía; que quizá tampoco lograré dar a luz, aunque la tenga ya pensada; y de la cual no reparo, sin embargo, en gracia ni sufrimiento ni pena alguna. No soy un hombre que corre tras el éxito, pero tampoco me gusta agachar la cabeza. Hago el prólogo de lo que va a suceder sin estar siquiera seguro de si se me concederá en esta tierra de predestinación y, también, de existencialismos. Porque no hay plan: no sé a dónde va ni por qué debería ser de este o de aquel modo. Presumo, sí, de mi ludoteca, esa herramienta donde las fuerzas se ven reflejadas en su propio absurdo, en sus ridículas comedias de "Buenos días", "Buenas tardes", "Buenas noches". Corro contra el viento, me planto frente a molinos, dejo que mi cara sienta la brisa de los eneros. Gusto de lo breve, porque suelo lo breve dejar terminado. Algunos ahora dicen que soy víctima de mi propio yo, aquel que errabunda en miríadas de ideas, y no en techos y paredes. ¡Pero si soy artesano de mi destino!, aunque no crea en el destino ni en lo fácil ni en lo seguro. Soy maestro de obra en estos planos indecisos. Mi felicidad no está en mi autobiografía ni en mi relato zumbón. Yo busco jugar y, jugando, encontrar al Minotauro y salir del laberinto.

Esa *obra* es el conjunto de obras que todavía quiere escribir. Mientras tanto, se siente feliz en el hecho de escribir y de ver el mundo de manera distinta.

Su e-mail de contacto es: javiersantosrod1981@gmail.com

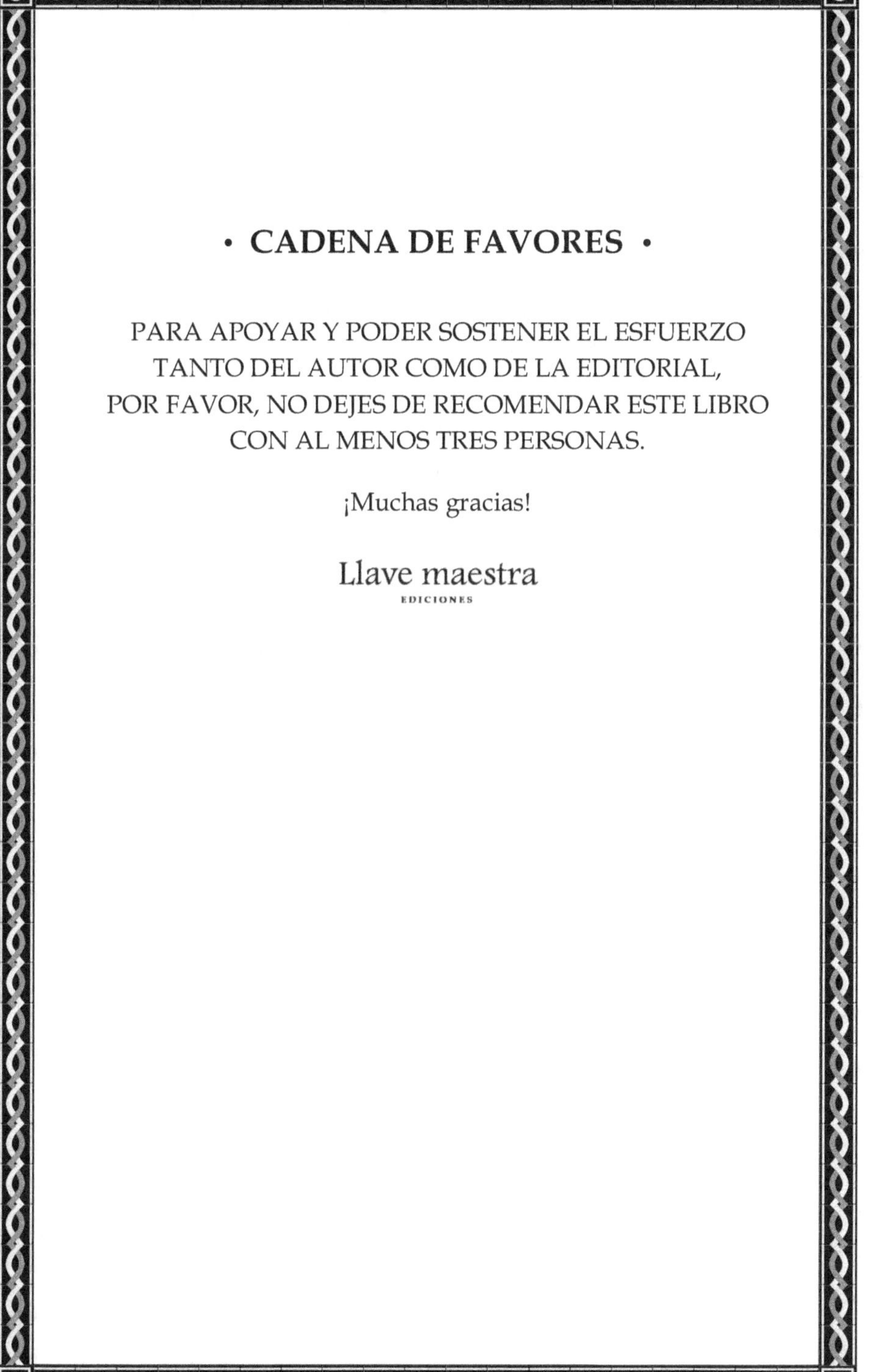

• CADENA DE FAVORES •

PARA APOYAR Y PODER SOSTENER EL ESFUERZO
TANTO DEL AUTOR COMO DE LA EDITORIAL,
POR FAVOR, NO DEJES DE RECOMENDAR ESTE LIBRO
CON AL MENOS TRES PERSONAS.

¡Muchas gracias!

Llave maestra
EDICIONES

A nuestros amigos lectores:

Nunca dejen de mantenerse abiertos a la curiosidad,
que les descubra el conocimiento
de maravillosos mundos, tal vez ignorados.
Un gran árbol, para desarrollarse y dar de sí
su mejor fruto, necesita de la nutrición más abundante
y variada que se le pueda ofrecer.

Llave maestra
EDICIONES

Nuestro principal interés como sello editorial consiste en fomentar el desarrollo de una *cultura personal e integral*, tarea que consideramos hoy en día esencial. Por ello procuramos la difusión de un amplio abanico de textos: científicos, filosóficos y literarios, que puedan resultar de provecho e interés tanto para el especialista como para el estudiante y la generalidad del público que busque ensanchar sus horizontes a la par que alimentar ese natural afán de saber que esencialmente poseemos en tanto seres humanos.

En un tiempo donde los saberes se encuentran en exceso intermediados por autoridades expertas en áreas cada vez más diferenciadas y promotoras de una estandarización que rige en todos los ámbitos, nuestra misión consiste en acercar a los autores un espacio donde poder dar a conocer sus *auténticas* inquietudes.

Nuestro ideal e incentivo de trabajo consiste en fomentar el *autodesarrollo* de aquella potencia ínsita en la interioridad de todo ser humano, haciéndole llegar al público lector las posibilidades de progresar en una verdadera educación personal, para permitirle finalmente alcanzar los frutos deseados.